Jürgen Vogel, geboren 1967 in Merzig, wuchs unter anderem in Spanien, Australien und Südostasien auf. Als aufmerksamer und sensibler Beobachter sammelte er im Laufe der Jahre zahlreiche Geschichten und Erfahrungen, die er heute mit seinen Lesern teilen möchte. Seit den 90er-Jahren lebt und arbeitet der Autor im Rheinland.

Jürgen Vogel

Erinnerungen an Philippe

Roman

© 2016 Jürgen Vogel

Umschlag: Jürgen Vogel

Verlag: tredition GmbH, Hamburg

ISBN Paperback: 978-3-7345-1282-7
(auch als E-Book erhältlich)

www.derandereich.de

Printed in Germany

 tredition®

< 1 >

Nahezu jede Nacht wache ich auf, aufgeschreckt von dem lauten Knall, der den Schuss begleitete, der mir das Liebste nahm und unser aller Leben so veränderte. Mir wurde der Mann genommen, meinen Kindern der Vater, dessen Eltern der einzige Sohn und zahlreichen Freunden ein geschätzter und treuer Begleiter durchs Leben.

Meist kommen mir dann, wach geworden und keinen Schlaf mehr findend, Erinnerungen an die gemeinsame Kindheit, an diese glückliche Zeit, in der ich Philippe kennenlernen durfte. Oftmals erinnere ich mich an unser allererstes Aufeinandertreffen. Wir waren damals gerade erst vier Jahre alt und gingen demnach noch nicht einmal zur Schule.

Die Roannes sind in die unmittelbare Nachbarschaft meines Elternhauses gezogen, woraufhin seine Eltern und die meinigen sich kennenlernten, und auf Anhieb einander mochten.

Eines Abends war es dann schließlich auch so weit. Bei einem der ersten Besuche der Roannes in unserem Haus war er mit dabei, und ich war sofort hin und weg von diesem Jungen. Er war als Kind wesentlich blonder als später. Seine lebhaften Augen stachen in ihrem kaum vergleichbaren Blau so sehr aus seinem Gesicht hervor, dass ich es bereits damals als ganz besonders empfand. Dazu dann noch sein schon zu jener Zeit unwiderstehliches, geradezu einnehmendes Lächeln – einfach zum Dahinschmelzen. Mein Gott, auf Anhieb habe ich mich in diesen gerade einmal Vierjährigen unsterblich verliebt.

Leider kann ich nicht mehr die ganze Situation rekonstruieren. Ich erinnere mich aber genau daran, dass er, direkt als er mich sah, geradewegs auf mich zukam und mich ohne jede Scheu ansprach. Er sagte mir, dass seine Eltern ihm verraten hätten, dass ich Silvia heiße und genauso alt sei wie er. Dann fragte er mich knapp und zugleich unaufdringlich, ob wir etwas spielen könnten. Da blieb mir einfach keine Wahl, als ihn bei der Hand zu nehmen und in mein Zimmer zu geleiten. Ich war in jenem Moment äußerst froh darüber, dass ich nicht nur Puppen als Spielzeug besaß, sondern auch eine stattliche Ansammlung von Legosteinen. Das gefiel Philippe offensichtlich so sehr, dass seine Eltern später einiges an Mühe aufbringen mussten, um ihn von mir loszureißen und wieder mitnehmen zu können. Ich hoffte natürlich, dass das nicht nur an den kleinen Plastikbausteinen lag, sondern auch ein wenig an meiner Gesellschaft.

Gerne erinnere ich mich auch an die Zeit, als wir erstmals gemeinsam die Schule besuchten. Damals gab es noch getrennte Klassen für Jungen und Mädchen, sodass wir uns, wenn überhaupt, nur in den Pausen zu Gesicht bekamen. Dies ließ sich aber auch nicht immer bewerkstelligen, da wir schließlich auch noch jeweils eigene Freundeskreise unter den Schulkameraden unterhielten, die naturbedingt dann aus Jungen, oder eben Mädchen bestanden und sich nahezu nie vermischten.

Die wochentäglichen Schulwege aber, also von und nach Zuhause, ließen wir uns nicht nehmen. Das konnten wir beinahe jeden Tag einrichten und stellte, da wir so nah beieinander wohnten, nahezu die gesamte Strecke dar. Meist holte mich Philippe gemäß seiner schon immer äußerst zuvorkommenden Art sogar noch ab, obwohl das Haus der Roannes genau betrachtet ein klein wenig näher zur Schule lag. Wenn wir uns auf dem Weg unbeobachtet fühlten, gingen wir dessen größeren Teil auch schon einmal Hand in Hand entlang.

Dann hatten wir auch noch die Nachmittage für uns. An diesen begaben wir uns meist zunächst gemeinsam an die Hausaufgaben, wobei wir uns stets nach bestem Vermögen unterstützten und nur, wenn wir wirklich gar nicht weiterkamen, Hilfe von den Erwachsenen in Anspruch nahmen. Im Anschluss spielten wir dann immer so lange zusammen, bis die Eltern der Meinung waren, dass es schließlich Zeit wurde für den jeweils anderen, das eigene Zuhause aufzusuchen. Oftmals kam es aber auch vor, dass wir länger bleiben durften, häufig sogar bis zum gemeinsamen Abendessen. Irgendwann hieß es dann aber doch immer wieder, den kurzen Nachhauseweg anzutreten.

Kaum anders verhielt es sich an den stets herbeigesehnten Wochenenden. Zwar gab es auch hier die ein oder andere Tätigkeit, die einen von uns zeitweise voneinander ausschloss.

Beispielsweise nahm ich eine ganze Zeit lang Geigenunterricht, während Philippe sich in einer Schwimmmannschaft versuchte. Dann besuchte ich einen Kindertanzkurs, zu dem ich Philippe partout nicht überreden konnte. Er wiederum engagierte sich, von der Schule aus, in einer Theater-Gemeinschaft, wo hin und wieder auch am Nachmittag oder eben an den Wochenenden geprobt wurde. Grundsätzlich aber verbrachten wir von unserer gesamten Freizeit einen wahrhaft maßgeblichen Teil miteinander.

Besonders aber hege ich noch heute die schönen Erinnerungen an die gemeinsamen Schulwege.

Als wir älter wurden und schließlich auf weiterführende Schulen gingen, änderte sich vieles. Da wir unterschiedliche, auch wieder nach Geschlechtern getrennte Gymnasien besuchten, blieb leider der von uns so lieb gewonnene, gemeinsame tagtägliche Weg zur Schule auf der Strecke. Ich weiß noch, dass ich es anfangs einfach nicht wahrhaben wollte und mir unzählige Male den Kopf darüber zerbrach, wie wir es anstellen könnten, wenigstens noch einen Teil des Weges zusammen zurückzulegen. Da die neuen Schulen aber in völlig unterschiedlichen Richtungen zueinander lagen, war selbst dies leider nicht möglich, und ich musste lernen, das zu akzeptieren.

Auch war es so, dass zunehmend neue Interessen in den Fokus des jeweils anderen gerieten. Während ich für mich, nachdem ich zuvor bereits Geigenunterricht genommen hatte, schließlich die Liebe zum Cello fand, war es bei Philippe so, dass er verstärkt das Schwimmen für sich wiederentdeckte. Er entwickelte hier einen großen Ehrgeiz, sodass er sehr regelmäßig trainierte und auch an Wettbewerben teilnahm. Tatsächlich war er hierbei auch eine ganze Zeit lang beachtenswert erfolgreich und gewann sogar mehrfach bei einigen Jugendmeisterschaften.

Mit dem Cello wiederum hatte ich das richtige Instrument für mich gefunden. Ich nahm fortwährend Unterricht und übte äußerst fleißig, teils regelrecht besessen. Zu meinem Glück gelangte ich bereits zu Anfang an eine meisterhafte Lehrerin. Noch heute verehre ich sie sehr und versuche, Kontakt zu ihr zu halten, indem ich sie von Zeit zu Zeit besuche. Diese Cellolehrerin stachelte meinen Ehrgeiz nicht minder an, sodass auch ich recht erfolgreich an verschiedenen Wettbewerben teilnahm, und das letztlich sogar viel länger als Philippe.

Mit diesen jeweils eigenen Interessen einhergehend und aufgrund der frischen Bekanntschaften an den neuen Schulen entwickelten und verfestigten wir auch Freundschaften außerhalb der unseren. Vor allem fühlte sich Philippe bei den Kameraden aus seiner Schwimmmannschaft so sehr zu Hause, dass es mich manchmal regelrecht verletzte. Gerne ging ich aber mit zu den Wettbewerben. Es erfüllte mich irgendwie mit

Stolz, mit Philippe derart eng befreundet zu sein. Stets fieberte ich mit ihm und wie bereits gesagt, es gab hierbei oftmals Grund zum Jubeln. Auch gestand ich mir irgendwann mit zunehmendem Alter ein, dass es mir gefiel, ihn lediglich in der für Mannschaftsschwimmer üblichen doch sehr knappen Badehose anzusehen. Philippe zeigte hier nie irgendeine Scheu. Es schien stets so, als würde er gar nicht bemerken, dass er beinahe nichts anhatte. Nun, das muss bei Schwimmern gewiss wohl auch so sein. Dennoch denke ich, dass er meine Blicke und die von anderen Mädchen durchaus bemerkte und genoss. Ich muss auch eingestehen, dass es mir gefiel, wenn Freundinnen von mir mich um ihn beneideten. Auch wenn wir zu jener Zeit immer noch nur befreundet gewesen sind, war er doch mein Held, mein Philippe.

Dieser Philippe war es denn auch, der heldenhaft nahezu jedes Vorspielen von mir besuchte. Keine Gelegenheit hierzu verpasste er, wenn es sich denn nur irgendwie einrichten ließ. Aufrichtig freute er sich, wenn es mir gut gelang, und stets litt er mit mir, wenn es denn einmal nicht so richtig klappte. Wenn ich einen Wettbewerb gewann, war mir sein hemmungsloses Jubeln hierüber manchmal gar ein wenig peinlich, auch wenn ich es natürlich insgeheim liebte. Ich denke zwar, dass ihm die klassische Musik, die ich spielte, kaum wirklich lag und nur äußerst bedingt zusagte, aber ich weiß auch, dass er sich wahrhaftig darüber freute, dass ich mit dem Cello so glücklich war. Irgendwann später erzählte er mir einmal, wie stolz es ihn damals gemacht hatte, dass ich so begabt und erfolgreich gewesen sei. Gespürt hatte ich das vermutlich seinerzeit schon, was meinen Ehrgeiz sicherlich zusätzlich beflügelte.

Auch wenn diese Zeit oftmals wesentlich von Philippes Mannschaftssport und meiner Musik geprägt wurde, war es aber eben auch die Zeit großer Veränderungen bei uns selbst. Mit Einsetzen der Pubertät und den damit einhergehenden Schwierigkeiten bei der Einordnung von Gefühlen gerieten wir immer häufiger in kleinere Streitereien miteinander, meist wegen ganz banaler Dinge. Später lachten wir oft gemeinsam darüber, wenn wir uns einmal wieder an den einen oder anderen Streit erinnerten. Damals aber schien es uns stets ungemein wichtig. Häufiger ging es vermutlich aber weniger um den Inhalt, als darum, dem anderen gegenüber nicht nachzugeben und möglichst die Oberhand zu behalten. Ach ja, wie schrecklich man sich doch häufig in diesem Alter benimmt. Meistens, ohne es selbst wahrzunehmen.

Doch egal, wie oft und intensiv wir auf unangenehme Weise aneinandergerieten, entfernten wir uns nie wirklich voneinander. Viele Nachmittage und Wochenenden verbrachten wir auch damals noch damit, uns gegenseitig bei den Hausaufgaben zu helfen. Wir besaßen zudem auch einige gemeinsame Freunde, mit denen wir uns immer wieder einmal trafen, um miteinander zu spielen, oder später, als wir älter wurden, um ins Kino zu gehen. Auch dass unsere

Eltern so eng befreundet waren, trug dazu bei, dass wir weiterhin ständig zusammen etwas unternahmen. An vielen Wochenenden tätigten wir Ausflüge ins Umland von Barcelona. Manchmal besuchten wir das Kloster Montserrat, was später Philippe und ich auch häufiger mit den eigenen Kindern so unternahmen.

An einen gemeinsamen Urlaub in Italien erinnere ich mich besonders gerne. Hier hatten unsere Eltern ein großes, ganz wunderbares Ferienhaus mit Swimmingpool gemietet. Endlich einmal war da ich mit Philippe im Wasser, und nicht immer nur die Jungs aus seiner Mannschaft.

Das Haus lag in der Toskana, unweit von Florenz und gehörte Bekannten von Philippes Vater. Es war der ehemalige Landsitz einer Adelsfamilie mit wunderschönem Garten. Es gab dort auch eine Auffahrt, die von den typischen Säulenzypressen gesäumt wurde. Es schien mir damals beinahe wie ein Schloss.

Von dort aus organisierten wir zahlreiche Ausflüge, unter anderem nach Florenz und nach Pisa. Außerdem erinnere ich mich immer wieder mit großer Freude an eine herrliche Tagestour ans Meer, nach Quercianella. Das liegt in der Nähe von Livorno und ist ein ganz wunderbarer kleinerer Ort, der auch noch heute ruhig und charmant daherkommt. Philippe und ich haben dort als Erwachsene selbst noch einige Male Urlaub gemacht, weil es uns damals so sehr in Quercianella gefallen hatte.

Ich glaube, dass diese Ferien uns beiden sehr gern und andauernd in bester Erinnerung geblieben sind.

Wir haben später in unserem gemeinsamen Leben oft über sie gesprochen. Wir sind uns dann auch stets einig darüber gewesen, dass wir hier vermutlich zum ersten Mal bemerkten, dass wir zu mehr bestimmt waren, als lediglich Freunde zu sein. Ich glaube, seither habe ich Philippe aus der Sicht einer Frau gesehen. Damals sind wir vierzehn gewesen, beinahe fünfzehn, und bis dahin körperlich einander nie wirklich nähergekommen. In jenem Urlaub in Italien haben wir uns zum ersten Mal richtig geküsst, natürlich im Swimmingpool. Mehr ist aber auch da noch nicht passiert. Ich denke, dass wir uns unausgesprochen darüber einig waren, den vermeintlich alles beschließenden Moment noch eine Zeit lang aufzubewahren.

< 2 >

Silvia hatte ich etwa ein halbes Jahr zuvor in Barcelona kennengelernt. Durch sie hatte ich auch von der früheren Existenz von Philippe erfahren. Als ich das erste Foto von ihm gesehen hatte, wollte ich kaum glauben, dass es keines von mir war. Es schien eine Laune der Natur zu sein, die ihn und mich einander so ähnlich geschaffen hatte, dass wir äußerlich nicht voneinander zu unterscheiden waren. Die Zusicherung Silvias, dass wir auch von der Stimme sowie von Gestik und Mimik her kaum Unterschiede aufwiesen, wurde mir durch Videoaufnahmen von Philippe immer wieder bestätigt.

Ich konnte mich anfangs gar nicht sattsehen an Bildern und Videos meines Doppelgängers. Normal war es vermutlich eher so, dass man nach Gemeinsamkeiten zu einer anderen Person Ausschau hielt. In diesem Fall jedoch war es immerzu umgekehrt. Ich suchte, manchmal regelrecht verzweifelnd nach dem, was uns voneinander unterschied – beinahe immer vergeblich.

Nachdem ich durch Silvia von Philippe und dessen ungeheurer Ähnlichkeit zu mir erfahren hatte, begann ich tagzuträumen, wie es wäre, wenn er noch leben würde. Ob wir vielleicht zu einem brüderlichen Verhältnis gefunden hätten? Auch hingen meine Gedankengänge oftmals einer gemeinsamen Vergangenheit nach, die es gar nicht gab. Ich malte mir aus, wie es gewesen sein könnte, wenn wir als Zwillinge auf die Welt gekommen wären und diese dann miteinander erkundet und erlebt hätten.

Bald darauf begann ich auch nachts immer wieder von Philippe zu träumen. Diese Träume schienen mir stets so real, dass ich sie irgendwie als Visionen ansehen musste. Im Gegensatz zu anderen Nachtträumen konnte ich mich meist ganz genau an sie erinnern.

Noch immer hatte ich Silvia hiervon nichts erzählt. Vermutlich befürchtete ich, dass es sie in irgendeiner Form beunruhigen würde. Insbesondere wollte ich vermeiden, dass sie dachte, Philippe wolle durch mich Kontakt zu ihr aufnehmen. Ich war mir vollkommen sicher, zumindest dies ausschließen zu können. Wenn überhaupt, schien es mir, als gelte eine Kontaktaufnahme gänzlich mir.

In den letzten Wochen vor meinem Wiedersehen mit Silvia hatte ich wieder häufiger von Philippe geträumt. So sehr es mir einerseits gefiel, denn ich empfand diese Träume keinesfalls als unangenehm, beunruhigte es mich auch ein wenig. Ich hatte mir bereits fest vorgenommen, mich bei Silvia zu erkundigen, ob denn alles in Ordnung sei. Silvia kam mir allerdings zuvor und bat mich in einem Telefonat, sie in Paris zu treffen.

Der Grund für den unerwarteten Aufenthalt Silvias in Paris lag darin, dass sie von der französischen Polizei kurzfristig dorthin gebeten wurde. Den im Mordfall an Philippe ermittelnden Kommissaren war es endlich gelungen, Verdächtige auszumachen. So wie Silvia es mir berichtete, erwischte die Polizei zufällig eine

Gruppe von Jugendlichen bei einem Einbruch, von denen zumindest einige den Beschreibungen entsprachen, die sie nach dem Verbrechen gemacht hatte. Auch zu den damals angefertigten Phantomzeichnungen gab es bei mehreren Personen deutliche Ähnlichkeiten. Es schien sogar derjenige dabei zu sein, der den Schuss abgegeben hatte, der Philippe schließlich zum tödlichen Verhängnis geworden war.

Dass Silvia mich gebeten hatte, ihr hier emotionalen Beistand zu leisten, freute mich sehr. Natürlich interessierte mich auch die Entwicklung in dem Fall selbst. Schließlich gab es vermutlich, abgesehen von seiner Familie, kaum einen Zweiten, der derart von Philippes Schicksal berührt wurde. Da Paris wesentlich näher an meinem Zuhause lag als an dem ihren, und es die wunderbar schnelle Bahnverbindung von Köln nach Paris gab, zögerte ich auch keinen Moment, sondern sagte ihr direkt zu.

Ich freute mich auch über die Gelegenheit, sie bei diesem Zusammentreffen wiederzusehen. Denn seit unserem Kennenlernen in Barcelona hatten wir bislang nur per E-Mail oder telefonisch Kontakt gehalten. Inzwischen war mir Silvia sehr ans Herz gewachsen. Ich denke, sagen zu können, dass wir richtige Freunde wurden und einander sehr mochten. Das auch unabhängig davon, dass diese unglaubliche Ähnlichkeit zwischen mir und ihrem verstorbenen Mann bestand. Mir war natürlich klar, dass ich sie vermutlich nie kennengelernt hätte, wenn das nicht so wäre. Trotzdem, ich hielt Silvia für eine ganz wunderbare Frau und war äußerst froh darüber, mit ihr befreundet zu sein.

Kurzum, ich machte mich schnellstmöglich auf, was sich glücklicherweise auch einigermaßen mit meinem Terminkalender vereinbaren ließ. Während Silvia bei den Roannes etwas außerhalb des unmittelbaren Zentrums Unterkunft bezogen hatte, wählte ich ein Hotel an der Rue Lafayette, unweit des Gar du Nord. Dorthin brachte mich der Thalys in knapp dreieinhalb Stunden. Bewusst hatte ich Ausschau nach einem anderen Hotel als das von meinem letzten Aufenthalt in Paris gehalten. Jenes war wahrhaft eine kleine Katastrophe gewesen. Bereitwillig zahlte ich dieses Mal auch etwas mehr und wurde erfreulicherweise nicht enttäuscht. Silvia entschuldigte sich dafür, dass keine Möglichkeit bestand, ebenfalls bei der Familie von Philippe unterzukommen. Sie meinte, dass es wohl erforderlich wäre, diese zunächst persönlich kennenzulernen. Schließlich würde es für die Eltern von Philippe vermutlich erst einmal schwierig sein, einem Abbild ihres verstorbenen Sohnes gegenüberzustehen. Sie wüssten zwar bereits von meiner Existenz und hatten auch schon Fotos von mir zu Gesicht bekommen. Das sei aber doch noch etwas anderes als eine leibhaftige Begegnung.

Ich hatte mehr als nur Verständnis dafür, dass es eine unangenehme Situation wäre, wenn ich im Zuhause von Philippes Eltern Einzug gehalten hätte. Die Vorstellung, womöglich sogar durch sein Zimmer, falls es ein solches noch gab, zu wandeln, faszinierte mich auf der anderen Seite aber durchaus. Na ja, vielleicht würde sich da ja doch auch noch etwas ergeben. Ein Hotel bot mir zudem mehr Freiheit und schließlich lag es wesentlich zentraler. Vom Bahnhof aus konnte ich es bequem zu Fuß erreichen.

Kaum in Paris angekommen, trafen wir uns auch bereits. Silvia schaffte es zwar nicht, mich am Bahnhof abzuholen, besuchte mich aber in meinem Hotel schon kurz, nachdem ich dort eingecheckt hatte. Wir begrüßten uns sehr herzlich und tauschten kleine Geschenke aus. Silvia brachte mir eine wunderbare Flasche Wein aus dem Priorat mit, während ich für sie noch eine kleine Auswahl an Lübecker Marzipan besorgen konnte. Inzwischen wusste ich, dass Silvia durchaus für Süßes zu haben war, auch wenn man ihr das in keiner Weise ansah.

Beim Besuch eines Cafés in der Nähe meines Hotels besprachen wir zunächst, wie es in dem Fall um Philippe, dem eigentlichen Grund unseres Wiedersehens, vorangehen sollte. Silvia hatte bereits einen festen Termin auf einem Polizeipräsidium für den folgenden Tag. Dort würden wir, sie hatte zuvor gefragt, ob sie jemanden mitbringen könne, auf einen Kommissar treffen, der den Fall bearbeitete. Diesen kannte Silvia bereits von der seinerzeitigen Untersuchung her. Sie meinte, dass er ein durchweg freundlicher und gewiss aufrichtiger Mensch sei und sie damals den Eindruck von ihm hatte, dass er wirklich Anteil an ihrem persönlichen Schicksal genommen habe. Bestimmt wäre er in der Sache sehr engagiert. Am Telefon hatte Silvia das

Gefühl gewonnen, dass der Polizist sich ziemlich sicher sei, zumindest einige der Jugendlichen von damals, und vor allem den eigentlichen Täter, erwischt zu haben. Während Silvia eingestand, der zu dem vereinbarten Termin ebenfalls anstehenden Gegenüberstellung mit äußerst gemischten Regungen entgegenzusehen, malte ich mir aus, wie der Kommissar wohl auf mich reagieren würde. Schließlich kannte er die Leiche von Philippe und verfügte sicherlich auch über Fotos von ihm, um in dem Fall arbeiten zu können.

Ein Treffen mit den Eltern von Philippe war ebenfalls erst für den Folgetag meiner Ankunft in Paris vereinbart. Nach dem Besuch bei der Polizei und der damit verbundenen Gegenüberstellung waren wir mit ihnen zum nachmittäglichen Kaffee verabredet. Offensichtlich konnten sie sich noch immer nicht so richtig mit dem Gedanken anfreunden, mich persönlich kennenzulernen. Silvia meinte hierzu:

»Ich habe die beiden noch nie so erlebt. Normalerweise sind Philippes Eltern sehr offen, ja regelrecht kontaktfreudig. Ich verstehe es irgendwie auch gar nicht«, fuhr sie fort. »Sie müssten doch geradezu darauf brennen, dir endlich einmal zu begegnen. Bisher kennen sie dich doch nur von Fotos und aus meinen Erzählungen oder den Beschreibungen von den Kindern. Ob man im Alter vielleicht dazu neigt, anders mit solchen Dingen umzugehen?«

Während ich Silvia zuhörte, musste ich an die eigenen diesbezüglichen Erfahrungen denken. Auch meine Eltern reagierten aus meiner Sicht irgendwie merkwürdig auf die Existenz von Philippe. Anstatt von der Nachricht überwältigt und vor Neugierde auf mehr Informationen brennend, machten sie auf mich eher einen mir unerklärlich zurückhaltenden Eindruck. Entsprechend erwiderte ich ihr gegenüber denn auch:

»Weißt du, Silvia, mir erging es mit meinen Eltern kaum anders. Ich dachte anfangs auch, dass sie mich mit allerlei Fragen regelrecht bombardieren und hierbei geradezu jegliche Information aus mir heraussaugen würden. Aber ganz im Gegenteil, es schien mir eher, als ob ihnen die Sache Angst mache.«

Silvia erweckte den Eindruck, an eine Erinnerung zu denken, als sie anmerkte:

»Ja, so war es bei mir auch. Es kam mir so vor, als würde deine Existenz, oder das Wissen hiervon, die beiden regelrecht verängstigen. Auf jeden Fall erzeugt es bei ihnen ein Unbehagen, was für mich ganz gewiss überhaupt nicht nachvollziehbar ist.«

Nach kurzer Überlegung fügte sie dann schließlich noch hinzu:

»Bei meinen Eltern hingegen, als ich ihnen von dir erzählt hatte, war das völlig anders. Du musst in absehbarer Zeit unbedingt noch einmal nach Barcelona kommen, David. Vor allem mein Vater kann es kaum mehr erwarten, dich endlich kennenzulernen. Beide, auch meine Mutter, finden unsere Geschichte nicht nur unvorstellbar interessant und aufregend. Es scheint ihnen eher auch ein wenig mystisch. Sie sind, denke ich, der Meinung, dass es schlichtweg kein Zufall sein kann, dass es dich nicht nur gibt, sondern, dass wir uns dann auch tatsächlich noch begegnet sind. Und wenn ich ehrlich bin, sehe ich das ganz gewiss auch selbst ein wenig so.«

< 3 >

Philippes Grab lag auf Paris' berühmtem Friedhof Père Lachaise. Silvia hatte mir bereits zuvor einmal davon erzählt, dass die Familie Roanne dort eine alte Familiengruft besäße, wo auch Philippe beigesetzt sei. Entsprechend bot sich mit dem Aufenthalt in Paris für Silvia auch endlich wieder einmal eine Gelegenheit, seine Grabstätte zu besuchen. Es hatte seinerzeit lange und verbitterte Diskussionen darüber gegeben, wo Philippe beigesetzt werden sollte. Obwohl es mit der Beisetzung Philippes in Paris für Silvia und deren Kinder kaum möglich war, dem Grab regelmäßige Besuche abzustatten, konnte sich die Familie von Philippe letztlich durchsetzen. Sie setzten hierbei vor allem auf die lange Familientradition.

Um zum Friedhof zu gelangen, nahmen wir die Metro. Zunächst bestiegen wir die Linie 7 bis zu einer Station, die tatsächlich Stalingrad hieß. Von da aus ging es weiter mit der Linie 2 direkt bis hin zum Friedhof.

Ich wusste bereits, dass Philippes Familie vermögend war. Als ich aber dieses kleine Mausoleum mit eigenen Augen zu Gesicht bekam, erhielt ich eine wesentlich bessere Vorstellung vom Umfang des Familienvermögens.

Die Roannes waren seit Generationen in der Pharmaindustrie verwurzelt. Als Philippes Vater seinerzeit nach Spanien gezogen war, hatte er den dort angesiedelten Zweig des Unternehmens übernommen. Zuvor hatte ihr eigener Konzern einen spanischen Mitbewerber übernommen, was damals erheblich schwieriger war, zumal Spanien noch kein Teil der Europäischen Gemeinschaft gewesen war, sondern sogar noch von Franco regiert wurde. Die Familie musste über sehr gute Beziehungen verfügen, um eine solche Übernahme bewerkstelligen zu können, und natürlich über stattliche finanzielle Mittel. Wie bereits gesagt, verschaffte mir der Anblick der Familiengrabstätte der Roannes eine deutlich nähere Ahnung davon, wie gut es tatsächlich um die Familie gestellt war.

Während Silvia nachdenklich und, wie zu erwarten, traurig wirkte, konnte ich meine Faszination von dem Ausmaß des Gebäudes, welches das Grabmal darstellte, kaum bremsen. Mit einigem hatte ich gerechnet, nicht aber damit, dass es sich um eines der wirklich großen und aufwendigen Gräber handeln würde. Objektiv betrachtet war es viel zu pompös und ganz sicherlich auch ziemlich geschmacklos. Dennoch, das musste ich zugeben, fand ich es äußerst beeindruckend. Natürlich musste auch ich an Philippe denken, der hier seine letzte Ruhestätte innehatte, und daran, dass ich ihm örtlich noch nie so nah gewesen war. Zugleich dachte ich aber auch an mich und malte mir aus, wie es wäre, selbst in einem solchen Mausoleum unterzukommen. Schließlich konnte ich mich dann aber doch noch von dem Gedankenspiel losreißen, und versuchte, Silvia angemessenen Trost zu spenden.

Gemeinsam zündeten wir Kerzen an, die Silvia mitgebracht hatte. Ohne es zuvor abzusprechen, führten wir diese kleine Handlung geradezu feierlich aus und schlossen eine schweigsame Gedenkminute hieran an. Schließlich schauten wir uns an und lächelten darüber, dass es uns so einfach gelungen war einander wortlos zu verstehen.

Wir wandten uns erneut dem Bild der brennenden Kerzen zu, als Silvia das eingetretene Schweigen durchbrach:

»Weißt du, David, manchmal glaube ich, dass ich eigentlich froh darüber sein sollte, dass Philippe hier beigesetzt ist. Wäre sein Grab in Barcelona, würde ich vermutlich einen Großteil meiner Zeit an ihm verbringen, und kaum noch zu etwas anderem kommen.«

Silvia schaute mich an, wobei sie mich ansah, als suche sie nach einer bestätigenden Regung von mir. Da mich ihre Aussage jedoch wirklich verwunderte, war es vermutlich so, dass sie meinem Ausdruck eher Gegenteiliges entnahm. Entsprechend setzte sie auch gleich zu einer regelrechten Entschuldigung an.

»Versteh mich bitte nicht falsch. Es ist ganz gewiss keineswegs so, dass ich Philippe nicht bei mir haben will. Er ist aber sowieso immerzu bei mir, ja irgendwie in mir, sodass ich kein Grabmal benötige, um seiner zu gedenken. Abgesehen davon finde ich diese Gruft hier ganz schön geschmacklos.«

Es gelang mir dann aber doch noch, mich von meiner Verwirrung darüber, dass sie der Tatsache, dass das Grab hier in Paris lag, etwas Positives abgewinnen konnte, zu lösen und ein paar zustimmende Worte zu Finden:

»Ich halte es auch für reichlich übertrieben, obwohl ich gestehen muss, dass es mich zugleich beeindruckt. Philippes Familie muss in der Tat außergewöhnlich reich sein.«

Froh darüber, dass ich scheinbar den richtigen Ton getroffen hatte, fuhr ich fort:

»Silvia, ausgerechnet du musst sicherlich nicht Rechenschaft darüber ablegen, wie nah dir Philippe noch immer steht. Vermutlich hast du sogar recht damit, dass Philippes Grab in Barcelona kaum der Bewältigung deiner Trauer dienlich wäre.«

»Philippes Mutter kommt beinahe jeden Tag hierher«, unterbrach sie mich. »Manchmal verbringt sie hier Stunden. Da kann ich mir wahrhaft schönere Orte vorstellen, an denen ich an Philippe denken möchte.

Na ja«, setzte sie fort, »vielleicht bin ich auch ein wenig ungerecht, das Grabmal besitzt in der Tat eine sehr lange Familientradition und vermutlich werde ich selbst hier meine letzte Ruhestätte finden, auch wenn mir bereits jetzt davor graut. Eigentlich würde ich wesentlich lieber in Spanien im Grab meiner eigenen Familie beigesetzt werden. Dann wären wir aber für immer getrennt, was ich noch viel weniger möchte. Da nehme ich es gerne auf mich, in diesem Totenschloss, hier in Paris, die Ewigkeit anzutreten. Hauptsache ist, dass ich bei Philippe sein kann.«

Jetzt lächelte Silvia sogar und schien neue Kraft

geschöpft zu haben. Sie wirkte regelrecht gelockert, als wir unser Gespräch fortführten. Ich fragte irgendwann:

»Wenn doch in der Pharmaindustrie so viel Geld zu machen ist, wie kommt es denn dann, dass Philippe sich entschieden hat, nicht in die Fußstapfen seines Vaters zu treten? Er ist doch sein einziger Sohn, gab es denn hierüber nie Streit?«

Damit schien ich ein Fass aufgemacht zu haben. Als Erstes vernahm ich:

»Oh David, willst du das wirklich wissen? Da weiß ich ja kaum, wo ich anfangen soll.«

Silvia bat mich darum, dass wir dieses Gespräch später bei unserem geplanten gemeinsamen Abendessen fortsetzen sollten. Wir verblieben noch eine Weile beim Grabmal, und Silvia informierte mich darüber, wer die verschiedenen Verstorbenen waren, die hier, wie sie es so gerne sagte, die Ewigkeit angetreten hatten. Sie wies dabei stets auf deren Gedenktafeln hin. Natürlich kannte sie nicht alle, denn schließlich reichten die Beisetzungen in diesem Grab über eine geraume Zeitspanne hinweg.

Als Silvia und ich am selben Abend in einem Restaurant, erneut unweit von meinem Hotel, einen gemütlichen Platz gefunden hatten, erfuhr ich so einige Details über die Familie Roanne, die mir bisher unbekannt waren.

Philippes Großvater hatte entschieden, dass der ältere Bruder seines Vaters die Leitung des französischen Stammhauses übernehmen sollte. Das war ein gewisser Onkel Albert, der knapp drei Jahre älter als Philippes Vater war. Philippes Vater wiederum, Bernard Roanne, sollte die Leitung des dem Konzern neu hinzugewonnenen spanischen Zweigs übernehmen, weshalb er auch nach Barcelona gezogen war. Es gab wohl auch noch eine wesentlich jüngere Tante, Catherine, die aber nie eine nennenswerte Position im Konzern innegehabt hatte. Sie hatte sich irgendwann vom innig geliebten Nesthäkchen zu einem nicht zu bändigenden Freigeist gewandelt, der schließlich auch noch einen völlig inakzeptablen Mann geheiratet hatte, einen Künstler.

Der Familie fiel es ebenfalls schwer, Philippes Pläne, Architekt zu werden, zu akzeptieren. Man war fest davon ausgegangen, dass er einmal eine führende Position im Familienunternehmen bekleiden würde. Dies umso mehr, da er das einzige Kind von Bernard und dessen Frau Marie war. Glücklicherweise war es Onkel Alberts Frau vergönnt, gleich vier Kinder glücklich zur Welt zu bringen. Diese waren inzwischen allesamt im Unternehmen tätig, sodass dieses nach wie vor erfolgreich von Mitgliedern der Familie geleitet werden konnte.

Silvia besaß keine genaueren Kenntnisse über den Umfang des Vermögens der Roannes. Da sie aber in keiner Weise hiervon abhängig war, interessierte es sie auch nicht wirklich. Sie freute sich jedoch darüber, dass ihre Kinder, obwohl sie ebenfalls kein Interesse an einer Mitarbeit im Konzern zu hegen schienen, von der Familie keinen Ausschluss erfuhren. Ganz im Gegenteil, die Roannes erwiesen ihnen jederzeit vollständige Akzeptanz. Zudem wurden sie von den Großeltern zu allen nur denkbaren Anlässen stets großzügig bedacht.

»Manchmal durchkreuzen die vielen Geschenke von Philippes Eltern meine ganzen Erziehungsbemühungen«, sagte Silvia und fügte hinzu, »es ist gar nicht so einfach, sich bei Kindern durchzusetzen, die finanziell unabhängig sind.«

Zwischenzeitlich wurde unser Hauptgang an den Tisch gebracht. Als Vorspeise hatten wir uns gemeinsam für überbackene Austern entschieden, die wir passend von einem wohlschmeckenden Entre deux mers begleiten ließen. Jetzt servierte man Silvia ein Confit de Canard, das sie zuvor selbst gewählt bestellt hatte, während ich ein Wildkaninchenragout erhielt. Bei ihrer Auswahl konnte ich nicht anders, als sie zu fragen:

»Du weißt aber schon, was du da isst?«

»Klar, es ist ja nicht das erste Mal, dass ich Ente esse«, antwortete sie und fuhr dann ein wenig zögerlich fort, »was meinst, worauf willst du denn hinaus?«

»Ich meine, ob dir klar ist, dass diese Ententeile, die du da isst, zuvor mehrere Stunden in ihrem eigenen Schmalz gegart wurden?«

Als ich die deutliche Überraschung in ihren Augen sah, konnte ich einfach nicht anders und musste lachen.

»Siehst du, du hattest keine Ahnung davon. Mir ist es früher ebenso ergangen, weshalb Confit de Canard auch nicht mehr auf meinem Speiseplan steht.«

Sie sah mich ungläubig an und fragte sogar:

»Bist du dir da sicher?«

Als ich vehement bejahte, meinte sie schließlich nur noch:

»Oh, dann ist dies vermutlich auch das letzte Mal, dass ich mir ein Confit bestelle.«

< 4 >

Zu der Zeit, als Philippe sechzehn wurde, hörte er auf, weiter wesentlich zu wachsen. Zuvor war er stets einer der größeren Jungen seines Alters gewesen. Von da an aber überholten ihn viele seiner Teamkameraden im Schwimmverein, was sich bald auch bei den Leistungen zeigte. Immer seltener gelang es ihm, an die vergangenen Erfolge anzuknüpfen. Anderthalb Jahre später gab er den Mannschaftssport auf.

Näher an das Abitur heranrückend, vernachlässigte auch ich mein Cellospiel, jedoch niemals gänzlich. Manchmal packt es mich sogar heute noch und ich übe, als müsste ich eine Meisterschaft gewinnen. Tatsächlich ist die Musik für mich seit Philippes Tod auch zu einem tröstenden Begleiter geworden.

In jener Zeit aber, also als Philippe und ich uns immer weniger den zeitraubenden Beschäftigungen in der Freizeit hingaben, war es, dass unsere Bindung über eine Freundschaft hinauswuchs. Nach dem ersten richtigen Kuss, damals in Italien, verging noch eine ganze Weile, bis wir verstanden und schließlich unumstößlich akzeptiert hatten, dass wir füreinander bestimmt waren. Wir versuchten zuvor sogar kurzzeitig, fremde Beziehungen einzugehen, ließen davon jedoch jedes Mal schnell wieder ab. Wir konnten es einfach nicht ertragen, den anderen von Eifersucht zerfressen zu erleben. Für mich kann ich zudem sagen, dass ich nie wirklich an einem anderen Jungen oder Mann interessiert gewesen bin. Philippe war stets der

Einzige, zu dem ich mich in jeder Weise hingezogen fühlte.

Bei einem Ausflug an die Strände von Sitges, dem allerersten, den wir damals ohne Eltern dorthin unternahmen, gestanden wir uns endlich ein, dass wir wesentlich mehr voneinander wollten, als lediglich Freunde zu sein. Wir spielten an jenem Tag sogar ernsthaft mit dem Gedanken, die Nacht in Sitges zu verbringen. Das wäre damals aber schlichtweg unmöglich gewesen; wir waren schließlich erst siebzehn. Vermutlich hätten wir noch nicht einmal irgendwo ein Zimmer anmieten können. Auch wären wir ganz gewiss in bittere Erklärungsnöte gegenüber unseren jeweiligen Eltern geraten.

Es war aber bereits ein tolles Gefühl, nur mit dem Gedanken zu spielen; und die Tatsache, dass wir das taten, war für uns auch das Signal, dass wir darüber hinausgehen würden, einander lediglich zu küssen. Schließlich hätten wir dafür keine nächtliche Unterkunft benötigt.

Es war eine wunderbare Zeit. Selbst später, während des Stresses bei den Vorbereitungen für unsere Abiture fanden wir immer auch ausreichend Gelegenheit, einander nahe zu sein; und wir konnten gar nicht genug davon bekommen.

Mit dem Abitur in der Tasche änderte sich jedoch einiges. Philippe hatte sich fest vorgenommen, in Frankreich zu studieren. Ich hatte ihn sogar zu dieser Idee ermutigt. Nicht zuletzt dachte ich mir, dass er nur so in die Lage kommen könne, seine Muttersprache derart zu vervollkommnen, dass er eines Tages auch in der Lage wäre, einen anspruchsvollen Beruf in ihr auszuüben. Die Streitigkeiten mit seinem Vater darüber, dass er Architekt werden wollte, anstatt später im Familienunternehmen eine führende Position zu beziehen, hielten glücklicherweise nicht sehr lange an. Philippes Eltern konnten ihm letztlich nie wirklich etwas abschlagen. Die Idee, in Frankreich zu studieren, gefiel Philippes Vater zudem sehr. Vermutlich hatte auch das dazu beigetragen, dass er so früh dem Wunsch seines Sohnes nachgab.

Eine Zeit lang spielte ich selbst mit dem Gedanken, in Paris zu studieren. Ich denke auch, dass ich das von der Sprache her gut hinbekommen hätte. Jedoch wollte ich meine Eltern nicht noch mehr enttäuschen, da ich mich bereits dazu entschieden hatte, keinesfalls Medizin zu studieren. Mein absoluter Wunsch war es schon lange zuvor gewesen, Innenarchitektin zu werden. Das war mein Traumberuf und ist es auch heute noch. Die Vorstellung, dass Philippe als Architekt dann vielleicht auch an Projekten mit mir zusammenarbeiten würde, beflügelte meine Ambitionen nur noch mehr. Und tatsächlich ist es dann auch so gekommen, dass wir in unserer späteren Berufstätigkeit häufiger gemeinsam Projekte abwickeln konnten.

Ich bin mir ganz sicher, dass sowohl Philippe wie auch ich damals die richtige Berufswahl für uns getroffen haben, auch wenn wir auf anderen Wegen vielleicht mehr erreicht hätten. Insbesondere wäre es vermutlich Philippe möglich gewesen, im Konzern seiner Familie eine großartige Karriere hinzulegen. Sicherlich auch verbunden mit einem weitaus höheren Verdienst als dem eines selbstständigen Architekten. Wir haben die diesbezüglichen Entscheidungen aber nie bereut. Lediglich unsere Eltern tun mir immerzu etwas leid. Schließlich sind wir beide Einzelkinder, sodass ihnen das Glück verwehrt blieb, dass ein Kind in ihre jeweiligen Fußstapfen tritt.

Die Wahl der unterschiedlichen, so weit voneinander entfernten Studienorte wurde jedoch zunehmend zu einem Problem. Wir verstanden uns zu Beginn der Studienzeit bereits seit etwa zwei Jahren als Paar und fürchteten uns vor der räumlichen Trennung. Damals war es noch nicht einmal üblich, auf diese Distanz hin regelmäßig zu telefonieren. Tatsächlich schrieb man sich stattdessen, was auch wir schließlich taten. Telefonate oder gar Besuche blieben seltene Ausnahmen, wunderbare Ausnahmen. Oh, ich habe Philippe immer so gerne hier in Paris besucht. Auch wenn ich Barcelona niemals aufgeben und verlassen könnte, fühle ich mich in dieser Stadt einfach äußerst wohl, ja, irgendwie stets auch zu Hause.

Natürlich ist auch Philippe zu jeder sich bietenden Gelegenheit nach Barcelona heimgekehrt. Bei seinem ersten Aufenthalt zu Weihnachten und Silvester, noch ganz zu Beginn des Studiums, haben wir unsere Liebe zueinander dann auch bereits öffentlich besiegelt. In jener Neujahrsnacht feierten wir vor den Eltern, etlichen Verwandten von mir und einigen nahestehenden

Freunden offiziell unsere Verlobung. Diesen Silvester-abend werde ich nie in meinem Leben vergessen. Ich war überglücklich und fühlte mich erstmals so richtig als Frau. Es machte mich unglaublich stolz, dass Philippe sich vor der ganzen Welt zu mir bekannte. Vorbei war die Zeit jeglicher Heimlichtuerei. Eine gemeinsame Zukunft vor aller Augen anstreben zu können, schien mir wie ein Geschenk des Himmels.

Unsere Verlobungsringe hüte ich noch heute wie einen unbezahlbaren Schatz. Übrigens tragen wir Spanier den Verlobungsring auch an der linken Hand so wie die Deutschen.

Bis zum Ende unserer Studienzeit ging es dann immer hin und her zwischen Paris und Barcelona. Nur einmal machten wir eine Ausnahme. Wir verbrachten beinahe einen vollständigen Sommer in Quercianella, diesem kleinen Badeort in der Nähe von Livorno, der uns schon in unserer Kindheit so gut gefallen hatte. Es war ein wundervoller Urlaub, und ganz sicher der längste, den wir jemals hatten. Nie zuvor sind wir einander für eine so lange Zeit derart nah gewesen. Wir waren uns selbst genug und genossen die scheinbar unendliche Freiheit. Wir verschenkten kaum einen Gedanken an die Eltern oder an Freunde. Ach, war das noch schön, als man nach der Ankunft im Urlaubsgebiet lediglich einen kurzen Pflichtanruf zu Hause tätigte. Man verschickte dann irgendwann noch ein paar Ansichtskarten, und das war es auch schon. Die restliche Zeit des Urlaubs gehörte dann einem selbst. Auch machte man viel weniger Fotos als heutzutage, da nur vierundzwanzig oder sechsunddreißig Bilder auf einen Film passten. Der damalige Aufenthalt in Italien stellte eine ganz wunderbare Zeit für uns dar; völlig unbeschwert, von purer Lebenslust und scheinbar unendlicher Liebe zueinander geprägt. Quercianella schien uns schlichtweg wie das Paradies.

< 5 >

Als ich nach wild durchträumter Nacht die Augen auf-
schlug, wunderte ich mich, dass kaum Licht durch die
beiden Fenster meines Hotelzimmers drang, obwohl
die Sonne schon längst aufgegangen sein musste. Ein
Blick auf die Uhr verriet mir auch gleich, dass ich mit
der zeitlichen Annahme durchaus korrekt lag. Entsprechend begab ich mich erst einmal an eines der beiden
Fenster, um nachzusehen, warum es denn nicht richtig
hell wurde. Ein heftiger Regen ergoss sich auf Paris;
schwarzgraue Wolken verhinderten sämtliche Versuche
der Sonne, auch nur einen Sonnenstrahl auf die Stadt
zu lenken. Am liebsten hätte ich mich direkt wieder
hingelegt. Zum einen jedoch ließ das der Druck nicht
zu, den meine Blase ausübte. Zum anderen stand an
diesem Tag Silvias Besuch bei der Polizei an, begleitet
von der Gegenüberstellung mit den vermeintlichen
Tätern. Hierbei wollte ich Silvia keinesfalls alleine lassen. Das hätte ich mir so schnell kaum verziehen.

Also begab ich mich zügig in das sehr kleine, aber
ansprechend renovierte Bad, das zu meinem Hotelzimmer gehörte. Zunächst, um dem besagten Druck nachzugeben, und schließlich, um bei einer heißen Dusche
die Lebensgeister in mir zu wecken. In der Zwischen-
zeit ließ ich meinen kleinen mobilen Espressokocher
seine Arbeit aufnehmen. Seitdem ich dieses wunderbare Gerät entdeckt hatte, war es zu einem ständigen
Begleiter bei Hotelaufenthalten geworden.

Mit einer ersten Tasse Kaffee sah der Morgen dann

auch bereits erheblich angenehmer aus. Zudem schien es draußen mittlerweile ein wenig heller zu werden, wovon ich mich bei einem erneuten Blick durch eines der Fenster auch überzeugen konnte.

Da ich kein Frühstück gebucht hatte, besuchte ich ein dem Hotel schräg gegenüberliegendes Lokal, das bereits geöffnet hatte und deutlich erkennbar mit »Petit Dejeuner« warb. Ich trank dort einen weiteren Kaffee und nahm ein kleines mit Hasenpastete belegtes Baguette zu mir.

Meist frühstückte ich gar nicht, und es reichte mir der Kaffee aus meinem inzwischen heiß geliebten Reisebegleiter. Für die anstehenden, vermutlich anstrengenden Stunden wollte ich aber bestens gewappnet sein. Ich überlegte sogar, noch einen Kaffee zu trinken; ein Blick auf die Uhr verriet mir aber, dass es Zeit war, mich auf den Weg zu begeben. Es hätte vermutlich merkwürdig ausgesehen, wenn ausgerechnet ich, der beinahe ein wenig zu sehr zu Pünktlichkeit neigte, zu einem derart wichtigen Termin zu spät gekommen wäre.

Da inzwischen zumindest der Regen aufgehört hatte, fiel mir das eigene Aufraffen auch nicht allzu schwer. Also zahlte ich, kaum dass ich den letzten Bissen meines Hasenpastetenbaguettes verdrückt hatte, und umtänzelte mehr als rechtzeitig die noch vorhandenen großen Pfützen auf dem Weg zur unweit entfernt gelegenen Metrostation.

Der Kommissar, der Silvias Fall bearbeitete, entsprach

so gar nicht meinen Vorstellungen eines französischen Polizisten. Er hieß Pascal Olivier, war etwa eins fünfundachtzig groß, sportlich schlank, blond und blauäugig. Ich schätzte ihn auf Ende dreißig. Er trug einen dunkelgrauen Anzug, ein strahlend weißes Hemd ohne Krawatte und bestgepflegte schwarze Lederschuhe, die recht große Füße erahnen ließen. Was mich aber mehr davon abhielt, in ihm den vermeintlichen Commissaire de Police zu sehen, waren seine, aus meiner Sicht, gänzlich französisch untypischen Gesichtszüge und eine gewisse Steifigkeit, die mit ihm einherging. Er schien mir eher in England an geeigneter Stelle als hier mitten in Paris. Dass Silvia sich bei ihm in guten Händen wähnte, war für mich hingegen sofort nachvollziehbar. Nicht nur, dass er einen freundlichen und zuvorkommenden Eindruck erweckte; er wirkte äußerst engagiert sowie persönlich und ernsthaft an dem Fall interessiert.

Natürlich kam es so, wie ich es erwartet hatte. Vermutlich hatte der Commissaire sich kurz zuvor noch einmal Fotos aus dem Fall angesehen, und hierbei gewiss auch welche von Philippe. Er schaute mich gänzlich ungläubig, wenn auch mit dieser beinahe englisch distinguierten Art an. Schließlich fragte er dann aber doch, nachdem Silvia uns einander vorgestellt hatte, inwiefern ich denn mit dem Opfer verwandt sei. Als wir ihn darüber aufgeklärt hatten, dass gar kein Verwandtschaftsverhältnis zwischen Philippe und mir bestand, schien er das zunächst nicht glauben zu wollen. Er meinte, dass er noch nie eine derartige Ähnlichkeit bei Nichtzwillingen ausgemacht hätte. Als er die Tatsache dann doch noch akzeptierte, gestand er, dass es ihn besonders verwundern würde, dass ich noch nicht einmal Franzose sei, was mein starker Akzent jedoch vehement bestätigte.

Silvia amüsierte es. Bereits in Barcelona hatte ich häufiger bemerkt, dass sie es liebte, andere dadurch zu verwirren, dass sie mich ohne jegliche Vorwarnung an ihrer Seite präsentierte. Ich tat ihr immer wieder gern diesen Gefallen, ganz besonders auch diesmal, zu einem Anlass, bei dem es vermutlich die einzige erheiternde Abwechslung sein würde.

Commissaire Olivier erklärte uns den angedachten Ablauf. Leider verstand ich kaum mehr als das Allernötigste, da mein Französisch hierfür einfach nicht ausreichte. Schließlich ergab sich jedoch alles aus der Handlung an sich. Silvia und ich wurden auf einen langen Gang im Untergeschoss des Präsidiums geführt, wo ich auf einer von zahlreichen, jeweils vor abgehenden Zimmern platzierten Sitzbänken Platz nehmen sollte. Silvia hingegen wurde in einen Raum gebeten, bei dem es mir zumindest noch gelang, einen kurzen Blick in ihn zu werfen. Er war etwa vier mal vier Meter groß und wurde von einem angrenzenden, etwas größeren Raum durch eine enorme, beinahe die ganze Wand ausmachende Glasscheibe getrennt. In diesem Raum, in den man hineinsehen konnte, ohne vermutlich jedoch gesehen werden zu können, befanden sich mehrere nebeneinanderstehende Stühle, die noch unbesetzt waren. Außerdem konnte ich eine Tür auf der gegenüberliegenden Seite ausmachen, durch die man vermutlich gleich die Personen zur Gegenüberstellung hereinführen würde. Der Raum, in den Silvia, begleitet von dem Kommissar, gebeten wurde, war gänzlich unmöbliert. Hier wartete bereits eine weitere Person, die ich nur undeutlich ausmachen konnte. Silvia sagte mir später, dass es ein Staatsanwalt gewesen war. Es gelang mir noch, Silvia kurz vertraut an den Armen zu berühren und ihr Mut zuzusprechen, als sie auch schon im Gegenüberstellungszimmer verschwand und die Tür zu diesem geschlossen wurde.

Während Silvia gerade vermutlich diejenigen vorgestellt wurden, die für den Tod ihres Mannes verantwortlich waren, schweiften meine Gedanken ein wenig ab. Ich musste zunächst daran denken, dass es mich verwunderte, dass die Gegenüberstellung tatsächlich in jenem berühmten Gebäude am Quai des Orfèvres stattfand. Ich war zwar kein wahrer Maigret-Fan, auch wenn ich Simenon sonst durchaus mochte, diese Adresse war mir aber gewiss ein Begriff. Zudem hatte ich das riesige, auf der Île de la Cité gelegene Gebäude bei einem meiner vorherigen Parisbesuche selbst schon umrundet. Dann glitten meine Gedanken zu Philippe und dem Besuch an seinem Grab tags zuvor. Noch nie war ich Philippe physisch so nah gekommen, wenngleich natürlich nur den sterblichen Überresten von ihm, sofern davon überhaupt noch etwas vorhanden war. Es stimmte mich ein wenig melancholisch, an ihn derart denken zu müssen und flugs hatte ich dann auch schon die mir von Silvia beschriebenen Bilder vor

Augen, von jener unheiligen Nacht, als Philippe getötet wurde. Sie hatte mir davon erzählt, wie er in ihren Armen starb, nachdem er niedergeschossen worden war, und die Täter bereits die Flucht ergriffen hatten. Dabei schilderte sie mir von der Unmöglichkeit, ihm noch in irgendeiner Weise helfen zu können. Ich erinnerte mich daran, wie sie mir gesagt hatte, dass er sie bei seinen letzten Atemzügen mit einem Blick ansah, der ihr vermitteln sollte, dass es richtig sei, dass es ihn getroffen habe und nicht sie.

Es war im Sommer zwei Jahre zuvor passiert. Silvia und Philippe waren wieder einmal hier in Paris gewesen, zu Besuch bei Verwandten und Bekannten. Bei einem nächtlichen Spaziergang auf dem Weg nach Hause, von einem Besuch bei langjährigen Freunden, waren sie schon bald von einer kleinen Gruppe Jugendlicher angepöbelt worden. Versuche, diese zu ignorieren oder zu umgehen, waren misslungen. Kurz darauf hatten die jungen Männer die beiden eingekesselt und beschimpften sie zunächst. Dann aber war es schließlich doch um Geld und Wertsachen gegangen. Silvia und Philippe sollten alles herausrücken, was von Wert wäre. Der Anführer der Gruppe hatte inzwischen eine Pistole zum Vorschein gebracht, die er auf das Paar gerichtet hielt, um so seine Forderung zu untermauern. Grundsätzlich wollten Silvia und Philippe durchaus der Aufforderung nachkommen. Das unablässige Drängen und Näherkommen der Angreifer hatte aber Philippe dazu veranlasst, sich schützend vor

Silvia aufzubauen. In einem Hin und Her hatte der Anführer letztlich die Geduld verloren und geriet selbst in Panik. Er hatte einen Schuss abgegeben, der Philippe direkt in die Brust traf. Nachdem dieser zu Boden gegangen war und die Jugendlichen wahrgenommen hatten, wie weit die Situation eskaliert war, ergriffen sie die Flucht und Silvia fand sich plötzlich allein zurück, allein mit dem sterbenden Philippe. Sie hatte versucht, ihm zunächst zu helfen. Sie hatte ihre Hände auf die Wunde gedrückt und verzweifelt nach Hilfe geschrien. Als sie erkannte, dass Philippe nicht überleben würde, umschloss sie ihn mit ihrem ganzen Körper und sprach die verbliebenen Augenblicke zu ihm, bis er unvermeidlich in ihrer Umarmung starb.

»Ich habe den Mörder von Philippe gesehen.«

Silvia stürzte sich mir in die Arme und konnte ein bitterliches Weinen nicht mehr unterdrücken. Commissaire Olivier machte ein betrübtes Gesicht, dem aber zugleich eine gewisse Genugtuung zu entnehmen war, die sicherlich daher ruhte, dass der Täter identifiziert worden war. Er schien mit sich im Reinen und war vermutlich zufrieden darüber, dass der Fall nun doch noch eine Wendung nahm, die einen Abschluss in Aussicht stellte.

Silvia wiederholte immer wieder, dass sie den Mörder ihres Mannes gesehen hatte. Während sie sich an meiner Schulter ausweinte und diese scheinbare Erkenntnis litaneiartig repetierte, konnte ich ihrer Stimme unendliche Trauer, zugleich aber auch ärgste

Verbitterung entnehmen.

»Madame Roanne.«

Der Commissaire trat nun an uns heran und zögerte zunächst dabei, Silvia leicht an der Schulter zu berühren.

»Madame Roanne, verzeihen Sie mir bitte!«

Er bat uns, doch einen Moment Platz zu nehmen, und setzte sich dann neben uns, nachdem wir seiner Bitte nachgekommen waren.

»Madame Roanne, wir hatten es bereits kurz besprochen. Sie müssten sich noch Fotos der übrigen vermeintlichen Täter ansehen. Fühlen Sie sich dazu momentan noch in der Lage?«

Er fuhr fort, als er merkte, dass Silvia ihm gar nicht richtig zuhörte:

»Wir können gerne auch einen weiteren Termin vereinbaren, wenn Ihnen das heute zu viel wird. Ich habe hierfür durchaus Verständnis und nehme mir gerne die Zeit, die Sie benötigen.«

Silvia sah zunächst mich, dann den Commissaire an und meinte mit brüchiger Stimme:

»Ja bitte, lassen Sie uns lieber einen anderen Termin vereinbaren. Ich kann heute wirklich nicht mehr.«

Entsprechend legten wir ein weiteres Treffen für den folgenden Vormittag fest. Wir verabschiedeten uns und machten uns erst einmal zu Fuß auf den Weg. Silvia wollte nicht direkt nach Hause, sondern bat mich, zunächst ein Café am Place Dauphin mit ihr zu besuchen. Auf dem Weg dorthin und schließlich im Café selbst erzählte sie mir davon, wie es bei der Gegenüberstellung vonstattengegangen war.

»Es war ganz furchtbar«, sagte Silvia, »bereits der erste Junge, der durch die Tür kam, war der Mörder von Philippe – ich habe ihn sofort erkannt. Ich dachte zuerst, dass mir alle Täter vorgestellt würden. Tatsächlich war es aber so, dass die Identifizierung nur demjenigen galt, der geschossen hatte. Wie du weißt, soll ich mir morgen Fotos von den Mittätern ansehen.«

Sie war ganz aufgeregt und ihre Stimme klang zugleich noch immer verweint.

»Du hast bestimmt noch sehen können, dass der Raum mit den Stühlen anfangs leer war. Die jungen Männer betraten von einer der Spiegelscheibe gegenüberliegenden Tür nacheinander den Raum. So konnte ich sie zunächst frontal auf mich zukommen sehen. Dann mussten sie um die Stuhlreihe herumgehen und schließlich vor dieser jeweils an einen Stuhl herantreten, vorerst jedoch, ohne sich hinzusetzen. Erst nach einer Aufforderung durch einen Polizisten in Uniform, der ebenfalls den Raum betreten hatte, nahm ein jeder seinen Platz ein und saß mir so erneut frontal gegenüber.«

Sie machte eine kleine Pause, in der sie regelrecht verzweifelt wirkte. Sie suchte in meinen Augen Halt, den sie schließlich, nachdem ich ihr zustimmend und mitfühlend zunickte, auch fand. Dann sprach sie weiter:

»Sechs Mal ging das so, David, obwohl ich ihn doch direkt zu Anfang bereits erkannt habe. Ich habe es dem Kommissar auch unmittelbar gesagt. Er wusste also, dass er es ist, und trotzdem ließen sie weiter die jungen Männer in den Raum treten, die alle eine gewisse Ähnlichkeit zu dem Täter aufwiesen. Der Kommissar meinte, dass es notwendig sei, um jeden Zweifel ausschließen zu können.«

»Ich dachte auch«, schaltete ich mich ein, »dass dir alle Täter auf einmal gezeigt würden und du nur diejenigen auswählen müsstest, bei denen du dir gänzlich sicher bist. Vermutlich macht es aber schon Sinn. Schließlich erwartet den Schützen eine ganz andere Strafe als jene, die den übrigen jungen Männern droht.«

Silvia funkelte mich beinahe böse an. Sie zischte geradezu:

»Du meinst den Mörder, den Mörder von Philippe!«

Auch meine besten Versuche sie ein wenig zu besänftigen, gingen regelrecht ins Leere. Es fiel mir äußerst schwer, sie auch nur für einen Moment von ihren giftigen Gedanken abzulenken. Die Gegenüberstellung, die letztlich die Gewissheit mit sich gebracht hatte, dass auch derjenige gefasst worden war, der unmittelbar für den Tod von Philippe verantwortlich war, wühlte Silvia in einem Maße auf, wie ich es noch nie bei ihr erlebt hatte.

Sie beharrte immerzu auf dem Begriff des Mörders. Beinahe erweckte es den Eindruck, als verdränge Silvias Hass auf diesen jungen Mann geradezu ihre Trauer. Wut und Aversion schienen völlig Besitz von ihr ergriffen zu haben.

Ich wusste gar nicht, wie ich in dieser Situation mit Silvia umgehen sollte. Um ihr zumindest zu zeigen, dass es mich ebenfalls berührte und ich mit ihr empfand, lenkte ich also ein und fragte sie, ob sie denn auch den Namen des Täters von Commissaire Olivier erfahren habe. Sie verneinte meine Frage und bemerkte mit einem bitteren Unterton, dass der Commissaire die Identität nicht rausrücken wollte. Sie würde diese und weitere Details erst später, vermutlich im Verlauf des Prozesses, mitgeteilt bekommen, was ich, ohne es ihr jedoch zu sagen, in jenem Moment für eine gute Entscheidung hielt. So konnte Silvia den Täter nicht auch noch mit einem Namen in ihren Gedanken manifestieren.

Wir unterhielten uns noch eine kleine Weile über den Besuch bei der Polizei und die Gegenüberstellung. Schließlich, wozu sicher auch der Blick auf meine ihr so gewohnten Gesichtszüge und das ihr nur zu bekannte Lächeln beitrugen, gewannen ihre positiven Erinnerungen an Philippe doch noch die Oberhand.

< 6 >

Bereits zum Ende meines Studiums hin wurde ich mit Aemilia schwanger. Philippe und ich machten uns auf Wohnungssuche in Barcelona, kaum dass wir uns sicher waren. Auch heiraten wollten wir, und zwar unbedingt noch, bevor unsere Tochter das Licht der Welt erblicken würde. Das schien sowohl Philippe wie auch mir damals sehr wichtig und lag ganz bestimmt auch im Interesse unserer jeweiligen Eltern, besonders aber vermutlich dem meiner Eltern. Zwar waren weder mein Vater noch meine Mutter als religiös anzusehen, sondern, ärztetypisch, eher als freigeistig. Es galt in jener Zeit aber noch als geradezu unschicklich, unverheiratet Kinder zu haben, besonders im katholischen Spanien.

Manchmal überkamen mich damals auch Zweifel, ob es eine gute Entscheidung war, bereits ein Kind zu bekommen. Was wäre, wenn ich den Abschluss nicht auf Anhieb schaffen würde? Bekäme ich mit einem Baby die Möglichkeit einer Anstellung, um berufliche Erfahrung sammeln zu können? Was wäre, wenn Philippe mehr Zeit für sein Studium benötigen würde und ich dann mit dem Kind zunächst alleine in Barcelona bleiben müsste?

Glücklicherweise waren alle Zweifel, denen ich oblag, völlig unnötig. Meine erste Schwangerschaft war eine ganz wundervolle Zeit. Es ging mir gesundheitlich bestens. Keine Spur von körperlicher Schwäche oder Melancholie. Ganz im Gegenteil, ich hatte regelrecht das Gefühl, die Energie für zwei zu besitzen. Zudem genoss ich jede erdenkliche Unterstützung und Aufmerksamkeit, sowohl von meinen eigenen Eltern wie auch von denen von Philippe. Auch mein weiteres Studium und der anstehende Abschluss verliefen schlichtweg glatt. Unsere Wohnungssuche vollzog sich ebenfalls erfolgreich, sodass wir schon bald die Schlüssel für eine wunderbar hübsche und ganz gemütliche Altbauwohnung inmitten von Gràcia in den Händen hielten.

Währenddessen standen die Vorbereitungen zur Hochzeit an. Trotz Studium und Schwangerschaft ließ ich mir nur wenig von der Planung aus der Hand nehmen. Natürlich aber waren meine Mutter und meine Schwiegermutter die bestmögliche Hilfe, die ich mir wünschen konnte. Philippe hingegen war es kaum möglich, sich bei den Vorbereitungen einzubringen, da er nun einmal im weit entfernten Paris verweilte. Heute denke ich manchmal, dass die Hochzeitsfeier für Philippe beinahe so überraschend gewesen sein muss wie für unsere Gäste, da er die meisten Details kaum näher kannte. Zu jener Zeit machten wir zwar bestimmt die Telefongesellschaften mehr als glücklich, jedoch war es einfach nicht das Gleiche, von etwas nur einen Bericht zu erhalten oder sich aktiv daran beteiligen zu können. So bekam Philippe nur einen geringen Teil der Planungen für unseren großen Tag überhaupt mit.

Die Hochzeit, als sie dann schließlich anstand, verlief, beinahe erschreckend, genauso wie ich es mir zuvor ausgemalt hatte. Das Wetter spielte ebenso mit wie die kleine Aemilia, die ich damals noch in mir trug. Es wurde ein riesiges, für mich unvergessliches Fest, zu dem auch etliche Verwandte von Philippe aus Frankreich anreisten. Unsere Eltern teilten sich die enormen Kosten, die wir zu dieser Zeit gewiss gar nicht selbst hätten tragen können. So erlebte ich den Traum, den ganz sicherlich die meisten Frauen auch heute noch hegen: eine märchenhafte Hochzeit, ganz in Weiß.

In Anbetracht der vielen unmittelbar nach dem Hochzeitstermin anstehenden Dinge, vor allem bezogen auf das zu erwartende Kind, aber auch mit Hinblick auf die neue Wohnung, Philippes Studienabschluss und unser beider beruflicher Entwicklung, verzichteten wir einstimmig auf eine Hochzeitsreise. Philippe konnte überhaupt nur ein paar Tage im Anschluss an die Feierlichkeiten bleiben, musste er sich doch gerade zu jener Zeit dem Finale seines Studiums widmen. Die wenige verbliebene Zeit nutzten wir lieber zur Einrichtung unserer neuen Wohnung.

Die darauffolgende räumliche Trennung voneinander war zwar äußerst schmerzhaft, glücklicherweise aber nur von kurzer Dauer und schon bald, noch vor Aemilias Geburt, lebten wir als glückliches Ehepaar in unserer schicken, bereits nach kürzester Zeit heiß geliebten Altbauwohnung inmitten von Gràcia.

Schließlich gesellte sich dann auch noch die kleine Aemilia zu uns. Die Niederkunft verlief ebenso unproblematisch wie meine Schwangerschaft. Philippe war die ganze Zeit über anwesend; ich glaube, er hat bei den Geburtswehen mehr gelitten, als ich es tat. Ja, so war es damals, so wurden wir bereits in recht jungen Jahren zu einer richtigen Familie.

Nach Fertigstellung seines Studiums konnte Philippe schon bald eine erste Anstellung in einem Architekturbüro erlangen.

Auch mir gelang es, zunächst in geringer Teilzeit, in meinem künftigen Beruf Fuß zu fassen. Mit der Unterstützung meiner Mutter und der von Philippe ließ sich das glücklicherweise unproblematisch bewerkstelligen. Vermutlich lag es auch daran, dass mein erster Arbeitgeber ein guter Bekannter unserer Familie war. Ohne entsprechende Beziehungen wäre es damals wohl nicht so einfach gewesen, eine derart flexible Arbeitsstelle zu finden.

Trotz der beiden neuen Jobs gelang es uns sogar, eine gemeinsame Urlaubsplanung zu realisieren, sodass wir die uns entgangene Hochzeitsreise schließlich nachholten. Wir überlegten, wieder einmal nach Quercianella zu fahren, entschieden uns aber dagegen. Stattdessen verbrachten wir drei wundervolle spätsommerliche Wochen in den Bergen Andalusiens.

Obwohl Aemilia gerade etwas älter als ein Jahr gewesen ist, war es nicht sonderlich schwierig, mit ihr zu verreisen. Wir unternahmen Ausflüge nach Granada, Málaga und Almería. Auch einen Tagesausflug nach Córdoba ließen wir uns nicht entgehen.

Córdoba ist ganz sicher eine Stadt, deren Besuch

man keinesfalls versäumen sollte, wenn sich einem die Gelegenheit hierzu bietet. Ganz besonders die »Mezquita«, die berühmte Moschee inmitten des Stadtzentrums, sollte man hierbei nicht verpassen. Vermutlich ist sie ja Hauptattraktion Córdobas. Entsprechend ließen auch wir die Besichtigung dieses Gebäudes nicht aus und waren wahrlich beeindruckt von dem monumentalen Bau. Bereits seit der Reconquista ist sie aber übrigens eine Kathedrale.

Natürlich besitzt auch Granada seinen ganz besonderen Reiz. Aber schon zur damaligen Zeit war die Stadt touristisch längst überlaufen. Córdoba hat uns beiden besser gefallen, was gewiss aber von subjektiven Eindrücken her ruht.

Die meiste Zeit während unseres Urlaubs in Andalusien verbrachten wir aber in den Bergen der Sierra Nevada. Wirkliches Wandern war wegen Aemilia leider nur sehr eingeschränkt möglich, weshalb es uns ständig an irgendwelche Seen oder zu Flussufern zog, wo wir dann wundervolle Stunden verbrachten. Von den drei Wochen wohnten wir eine in einem erstklassigen Hotel mit Blick auf den Mulhacén, den höchsten Berg des spanischen Festlands. Diesen Luxus hatten wir eingerichtet, damit wir schließlich doch noch etwas von dem Honeymoon-Feeling erleben könnten, das uns zuvor entgangen war. Die beiden anderen Wochen verblieben wir dann aber lieber in einem Ferienhaus. Gerade mit Aemilia war dies letztlich wesentlich bequemer, zumal wir auch hier viel Glück hatten. Das Haus gehörte einem Kollegen meines Vaters und ließ wahrhaft keine Wünsche offen. Herrliche Alleinlage, Swimmingpool, Sauna, offener Kamin im Wohnzimmer und ein fantastischer Ausblick in ein wunderschönes Flusstal; wie gesagt, es erfüllte ganz sicher sämtliche Wünsche, die man an ein Ferienhaus stellen kann.

Als wir nach Hause zurückkehrten, stellte ich schon bald fest, dass ich erneut schwanger war, dieses Mal mit Cassius.

Zu unserer Hochzeit erhielten wir von meinen Eltern ein recht außergewöhnliches Geschenk. Sie vermachten uns eine uralte Haustür, obwohl wir noch gar kein Haus besaßen. Diese Tür stammt von einem früheren Familienbesitz und ist das Einzige, was heute noch daran erinnert. Meine Familie hütete diesen seinerzeit aufwendigst gearbeiteten Schatz aus bestem Mahagoniholz schon seit Generationen. Da ich das einzige Kind meiner Eltern bin, hatten die beschlossen, das Schmuckstück bereits zu ihren Lebzeiten mir zu vermachen. Da bot sich die Hochzeit eben als bestgeeignete Gelegenheit an.

Selbstverständlich lagerte die Tür noch immer bei meinen Eltern, da wir sie nur schlecht hätten in unserer Wohnung unterbringen können. Zur Hochzeit selbst aber betrieben sie in der Tat den nicht unerheblichen Aufwand, sie als aufwendiges Geschenk beim Gabentisch zu platzieren. Dazu ließen meine Eltern die Tür zunächst fachmännisch aufhübschen und schließlich als richtiges Hochzeitsgeschenk verpacken, sodass ich erst einmal gar keine Ahnung hatte, um was es sich handelte, bis ich die Tür ihrer Geschenkverpackung entledigte.

Damals wusste ich nur wenig mit dem ungewöhnlichen Geschenk anzufangen, wenngleich es mich rührte, dass es meinen Eltern wichtig schien, diese Tradition des Bewahrens, eben jener Tür, durch mich aufrechtzuerhalten. Als Philippe und ich uns aber sicher in Hinblick auf die Schwangerschaft mit Cassius waren, begaben wir uns schon bald auf die Suche nach einem Haus, zumal Philippe inzwischen bereits verhältnismäßig gut verdiente. Und hierbei nahmen wir uns fest vor, diese alte uralte Haustür wieder ihren ursprünglichen Zweck erfüllen zu lassen, nämlich als Entree zu unserem neuen Zuhause.

Die Suche nach einem Haus in Barcelona gestaltete sich im Gegensatz zu der vorangegangenen Suche nach einer Wohnung sehr schwierig. Was zum Verkauf stand, war auch für uns trotz zugesagter Unterstützung unserer beider Eltern meist unerschwinglich. Was wir uns hätten leisten können wiederum, gefiel uns entweder nicht oder befand sich in so ungünstiger Lage, dass uns auch das nicht zusagte.

So kam es, dass Cassius nach seiner Geburt doch zunächst noch Einzug in unsere Wohnung in Gràcia hielt. Da wir uns dort sehr wohlfühlten, sahen wir das auch nicht als weiter schlimm an.

Meine Schwangerschaft mit Cassius verlief leider nicht ganz so unproblematisch, wie die mit Aemilia. Viele von den für Schwangere typischen, unangenehmen Begleiterscheinungen machten auch mir diesmal zu schaffen. Es fiel mir auch deshalb schwer, damit umzugehen, da ich mich zugleich auch noch um die kleine Aemilia kümmern musste und versuchte, im Beruf Fuß zu fassen. Zu jener Zeit war ich besonders dankbar für die Unterstützung, die ich von meiner Mutter und meiner Schwiegermutter erhielt, und nahm sie auch wesentlich häufiger in Anspruch als bei der ersten Schwangerschaft.

Glücklicherweise war dieses Mal auch Philippe da, der sich nach bestem Vermögen immerzu bemühte, mich aufzubauen und mir Mut zuzusprechen. Ich achtete jedoch stets darauf, ihn nicht übermäßig zu strapazieren, da auch er mitten am Anfang seiner beruflichen Laufbahn stand. Zwar hatte er sich bereits damals vorgenommen, einmal ein eigenes Planungsbüro zu gründen, doch das würde gewiss noch dauern. Gerade dafür braucht man eben reichlich praktische Erfahrung.

Wir hatten die Hoffnung, ein geeignetes Haus zu finden, schon beinahe aufgegeben, als wir ganz zufällig über einen ehemaligen Studienkollegen von mir von jenem wie eine Finca anmutenden Haus erfuhren. Es befand sich in einer uns gänzlich unbekannten Gegend zwischen Gràcia und Vallcara. Obwohl wir in Gràcia wohnten, ahnten wir nicht, dass es eine derart nahe Lage gab, die man beinahe als ländlich hätte bezeichnen können. Als wir zum ersten Mal die als Sackgasse heraufführende Hangstraße entlangfuhren, in welcher sich das zu besichtigende Haus befand, und eben jenes schließlich vor uns lag, fiel eigentlich schon die Entscheidung. Bevor wir auch nur einen einzigen

Blick in das Innere geworfen hatten, war uns klar, dass es das richtige Haus war. Wir spürten sofort, dass es das Zuhause unserer eigenen Familie sein würde. Hier würde die Tür, die ein so ganz besonderes Hochzeitsgeschenk gewesen ist, wieder ihre eigentliche Funktion erlangen und den Eingang schmücken.

< 7 >

Nach dem Besuch im Café hatten wir noch reichlich Zeit bis zu dem für den Nachmittag geplanten Treffen mit Philippes Eltern. Daher bot es sich an, zuvor noch einmal unser jeweiliges Zuhause aufzusuchen, auch wenn das von Silvia momentan derselbe Ort war, an dem wir uns später wieder treffen würden. Das Wetter hatte sich im Laufe der vergangenen Stunden beruhigt und konnte inzwischen sogar als äußerst ansprechend bezeichnet werden. Das bestärkte uns in dem Vorhaben, uns nicht auf den direkten Weg zu begeben, sondern zuvor noch einen gemeinsamen Spaziergang vorzunehmen; zunächst über die nun unweite Pont Neuf, an der Westspitze der Flussinsel. Wir überquerten die Seine zur Rive Droit hin. Von dort aus ging es weiter bis zur Kirche Saint-Germain-l'Auxerrois, wo wir gemeinsam Kerzen anzündeten.

Bereits in Barcelona hatten wir festgestellt, dass wir dieses Faible teilen, und das, obwohl wir beide keineswegs religiös waren. Silvia hatte mir zuvor einmal gestanden, dass sie erst seit Philippes Tod wieder gezwungen gewesen war, Gottesdienste zu besuchen; zur Beerdigung, zum Sechswochenamt und schließlich zum Jahresgedächtnis. Das letzte Mal davor läge etliche Jahre zurück, wobei damals ein freudiger Anlass gegeben war, die Hochzeit einer Freundin. Mit einem leicht verlegenen Lächeln hatte sie dazu noch angemerkt, dass ihre letzte Beichte die vor der Eheschließung mit Philippe gewesen sei.

Ich selbst war noch nicht einmal getauft. Dennoch liebten sowohl Silvia wie auch ich Kirchen und so manches Kirchliche, wenn wir es auch kaum aus spiritueller Sicht ernst nahmen. Für meinen Freund Marcus galt das übrigens auch. Immer wieder, wenn wir einmal gemeinsam unterwegs waren, erkunden wir auch irgendein Kirchengebäude, und wenn sich die Gelegenheit bot, wurden dort auch gleich noch einige Kerzen angezündet.

Da die von uns besuchte Kirche unmittelbar gegenüber dem Louvre stand, statteten wir dort noch dem Innenhof mit seiner Glaspyramide einen kurzen Besuch ab. Auch den Jardin des Tuileries durchschritten wir noch ein wenig, wendeten uns dann aber nach rechts durch die Rue des Pyramides bis hin zur Avenue de l'Opera. Dort trennten sich dann vorläufig unsere Wege, als ich Silvia noch bis zum Einstieg zur U-Bahn begleitete. Ich selbst machte mich anschließend weiter zu Fuß auf bis zur Oper und schließlich an den Galeries Lafayette vorbei auf den Weg zum Hotel. Aufgrund der selbst gewählten Ausdehnung meines Spaziergangs blieb mir dann leider nur noch recht wenig Zeit, um mich etwas auszuruhen und letztlich zurechtzumachen.

Um zu den Roannes zu gelangen, musste ich glücklicherweise nur einmal umsteigen; bei La Fayette in die Linie 9, in Richtung Pont de Sèvres. Die Metro verließ ich im 16. Arrondissement bei der Haltestelle Jasmin. Von dort aus gelangte ich mit wenigen Schritten zu einem beeindruckenden Eckhaus, einem herrlichen Altbau, von dem man eigentlich nur träumen konnte. Philippes Eltern bewohnten hier die obersten, aufgrund des Dachausbaus zweieinhalb Etagen des Gebäudes. Im Erdgeschoss befanden sich ein Restaurant, ein Friseur und drei weitere Läden. Zwischen dem Erdgeschoss und den durch die Roannes bewohnten Etagen lagen noch vier zusätzliche Stockwerke mit vermieteten Wohnungen und Büros. Silvia erzählte mir später, dass der Konzern von Philippes Familie früher in zwei dieser weiteren Etagen eigene Büros unterhielt. Inzwischen sei aber alles außerhalb von Paris in einem einzigen, speziell für das Unternehmen neu gebauten Bürokomplex untergebracht.

Bereits zuvor meinte Silvia, dass es von hier aus nur wenige Hundert Meter bis zum Bois de Boulogne waren, wo sie früher immer wieder mit Philippe gewesen sei. Der Park biete sich zum Joggen und aufgrund seiner Größe sogar für kleinere Wanderungen oder ausgedehnte Spaziergänge an. Bei jeder Jahreszeit böten sich faszinierende Perspektiven. Auch könne man dort herrlich picknicken, was die beiden insbesondere während der Studienzeit von Philippe durchaus häufig genutzt hätten.

Als Erstes bemerkte ich, dass mir Philippes Eltern wesentlich unähnlicher sahen als meine eigenen. Vor allem bei seinem Vater fiel mir das sofort auf, da mein Vater mir sehr glich. Auch ähnelte mein Großvater mir und meinem Vater in erheblichem Maße, weshalb ich zuvor automatisch davon ausgegangen war, dass auch Philippes männliche Verwandte ihm stark hätten ähnlichsehen müssen.

Dann musste ich leider feststellen, dass man sich zwar redlich Mühe gab, höflich zu sein und freundlich zu wirken. Erfreut über meinen Besuch schienen jedoch beide Eltern nicht. Lediglich Tante Catherine, die bei diesem Aufeinandertreffen ebenfalls zugegen war, zeigte deutliches Interesse an mir und erweckte zudem einen herzlichen Eindruck.

»Herr Adolphy, Sie sind tatsächlich ein Ebenbild meines Neffen. Eine derart frappierende Ähnlichkeit habe ich weiß Gott nicht erwartet.«

Diese Bemerkung von Tante Catherine veranlasste Philippes Mutter, zusammenzuzucken und sich, wie vor leichtem Entsetzen schaudernd, die rechte Hand Schutz suchend vor den Mund zu legen; als wollte sie einen Laut verhindern. Philippes Vater Bernard schaute seine Schwester beinahe verärgert an und blickte dann kurz zu mir herüber, wobei es mir vorkam, als habe er, warum auch immer, ein wenig Angst vor mir. Tante Catherine schien hierüber regelrecht amüsiert und lachte mich offen an.

Ich tat mein Bestmögliches und zeigte mein strahlendstes Lächeln. Auch versuchte ich, mein allerbestes Französisch an den Tag zu legen. Leider aber mussten wir dann doch ziemlich schnell ins Englische wechseln. Zum Glück jedoch stellte meine diesbezügliche Unzulänglichkeit kein Problem dar. Wie Silvia und deren Kinder beherrschten auch Philippes Eltern und seine Tante die englische Sprache nahezu uneingeschränkt.

Auch hier, wie bei Silvia zu Hause, gab es Hauspersonal. Eine etwas ältliche, jedoch sehr adrett wirkende Frau in einem typischen Dienstmädchenoutfit servierte uns Kaffee, Kuchen und Gebäck. Von Silvia wusste ich bereits, dass diese Frau, die schon seit vielen Jahren in den Diensten der Roannes stand, Danielle hieß und aufgrund ihrer langen Zugehörigkeit zum Personal Philippe nur zu gut kannte. Im Gegensatz zu Philippes Eltern musterte sie mich beinahe ungeniert. Ihre wachen hellbraunen Augen glitten über meine ganze Person und blieben immer wieder erstaunt an meinem Gesicht hängen. Ich lächelte ihr freundlich zu, was sie dann aber doch leicht erröten und schließlich von mir abwenden ließ.

»Ihre Stachelbeer-Baisertorte ist wahrhaft himmlisch«, gab ich an, »wussten Sie, dass dies meine Lieblingstorte ist?«

»Ist das wirklich so? Das hast du mir bisher noch gar nicht erzählt. Das ist schon wieder einmal einer dieser beinahe unglaublichen Zufälle. Stachelbeer-Baiser war immer auch die Lieblingstorte von Philippe«, wandte Silvia sich an mich, während die Übrigen mich nur erstaunt ansahen. Silvia warf weiter in den Raum ein:

»Wisst ihr, wir haben inzwischen so viele Ähnlichkeiten zwischen David und Philippe entdeckt, dass mich so etwas kaum mehr verwundert. Ganz im Gegenteil, manchmal setze ich Derartiges schon beinahe voraus.«

Ich merkte, wie Silvia ebenfalls versuchte, die Situation etwas zu entkrampfen, und tatsächlich, sie schien mehr Glück damit zu haben als ich.

Eindeutig konnte ich auch die Zuneigung verspüren, die Philippes Eltern für ihre Schwiegertochter hegten. Marie, die Mutter von Philippe, sah immer wieder zu Silvia hin, beinahe wie eine Mutter zum eigenen Kind. Nur mich, mich vermochte sie kaum anzusehen. Jedes Mal, wenn sie es versuchte, musste sie es auch schon wieder nach wenigen Augenblicken aufgeben. Entweder wendete sie sich dann abrupt ab, oder sie schloss einfach die Augen, damit sie mich so aus ihrem Gesichtsfeld verbannen konnte.

Bernard hingegen ließ seinen Blick oft lange auf mir ruhen, jedoch konnte ich in ihm keine deutlich erkennbare Regung ausmachen. Lediglich dieses Gefühl, als besäße er irgendwie Angst vor mir, überkam mich immer wieder. Auch bei ihm konnte ich eine große Wärme gegenüber seiner Schwiegertochter wahrnehmen. Stets sah er mit deutlichem Wohlwollen zu Silvia hin. In Anbetracht dessen, dass Silvia und Philippe sich bereits seit frühester Kindheit kannten und damals schon ständig sehr viel Zeit miteinander verbracht hatten, musste Silvia den beiden vermutlich wahrhaftig wie ein eigenes Kind vorkommen.

Mir war noch keine Idee gekommen, wie ich das Eis brechen könnte, als wieder Tante Catherine einsprang und sich erneut mit offensichtlichem Interesse an mich wandte:

»David, ich darf Sie doch David nennen, oder?«

Ohne wirklich eine Antwort abzuwarten, fuhr sie unmittelbar fort:

»Silvia hat uns davon erzählt, dass Sie sogar am selben Tag wie Philippe geboren sind, wohl nur ein paar Stunden zuvor. Finden Sie das nicht auch unglaublich?«

Obwohl vermeintlich an mich gerichtet, schien sie damit eher die anderen Anwesenden ansprechen zu wollen. Direkt zu mir hingegen wandte sie sich weiter:

»Haben Sie hierzu inzwischen eine Meinung entwickelt? Glauben Sie an so etwas wie Schicksal? Es ist auch irgendwie kaum an einen Zufall zu denken, dass Sie Silvia begegnet sind und so von Ihrem Doppelgänger erfahren haben.«

Ich wusste kaum, was ich dazu sagen sollte. Natürlich waren das genau die Fragen, die ich mir selbst schon so häufig gestellt hatte, seitdem ich von Philippes früherer Existenz erfahren hatte.

Dankbar dafür, dass ein Gespräch aufkam, sagte ich zu Tante Catherine:

»Sie liegen da völlig richtig, Madame. Es war eine der allerersten Fragen, die Silvia und mich bewegt hat. Wie geradezu unwahrscheinlich es doch war, dass ausgerechnet wir uns begegnet sind. Wenn man bedenkt, dass meine Ähnlichkeit zu Philippe an sich schon nahezu unglaublich ist, scheint dies eine extreme Beanspruchung des Zufalls darzustellen.«

Ich fuhr fort, wobei ich nun auch abwechselnd die Eltern ins Visier nahm.

»Hinzuzuzählen ist sicherlich auch die Tatsache der beinahe zeitgleichen Geburt. An Fügung zu glauben, entspricht alles andere als meiner Art; ich tue es mir damit grundsätzlich schwer. Was mich weiter davon abkommen lässt, hier an eine besondere Form von Bestimmung zu denken, ist die Tatsache, dass ich Philippe nicht persönlich begegnet bin, als er noch lebte. Außerdem ist es in unserem Fall keineswegs so, dass sich voneinander getrennte Zwillinge auf geheimnisvolle Weise wiedergefunden haben. Das wäre dann vermutlich eher etwas, das man als Schicksal bezeichnen dürfte. Ganz im Gegenteil konnten wir bislang überhaupt keine Verwandtschaft zueinander ausfindig machen.«

Silvia meldete sich nun zu Wort und merkte diesbezüglich an:

»Ja, es ist tatsächlich so, es war uns bisher noch nicht einmal möglich, die Spur einer Verbindung zwischen den Adolphys und den Roannes auszumachen. Es scheint nie eine Annäherung der beiden Familien gegeben zu haben. Es muss einfach eine Laune der Natur sein, dass David und Philippe sich so unglaublich ähnlich sind.«

Tante Catherine ergänzte aufgeregt, sich leicht vom Stuhl erhebend, um mich etwas besser ansehen zu können:

»Schaut euch doch mal das Muttermal auf seiner Wange an; genau wie bei Philippe; und diese Augen, dieses intensive Blau, das uns schon immer auch bei Philippe so fasziniert hat. Silvia hat zudem völlig recht damit, dass sich auch ihre Stimmen gleich anhören. Wenn David akzentfrei Französisch sprechen würde, wäre auch hier ganz bestimmt kein Unterschied auszumachen. Habt ihr nicht auch beinahe das Gefühl, Philippe gegenüberzusitzen? Findet ihr das nicht auch irgendwie ein wenig unheimlich?«

Bei den letzten Worten lächelte Tante Catherine mich gänzlich wohlwollend an, was mir versicherte, dass sie es gewiss nicht als unangenehm empfand, dass ich Philippe derart ähnlich sah.

In den Gesichtern von Marie und Bernard konnte ich ausmachen, dass die beiden gerade ein Wechselbad an Gefühlen erlebten. Leider las ich in ihnen aber auch deutlichen Widerwillen, sich mit der Angelegenheit auseinanderzusetzen. Es war mir einfach unbegreiflich, dass bei beiden kein wahrnehmbares Interesse mir gegenüber bestand. Ich konnte mir auch keinen Grund ausmachen, warum sie ein solches vor mir oder auch vor Silvia verbergen sollten. Bei dem Versuch, mir vorzustellen, wie ich in dieser Situation reagieren würde, malte ich mir gänzlich andere Szenarien aus. Diese reichten von regelrecht erschütternder Überwältigung über unstillbare Neugierde bis hin zu wahrer Begeisterung. Desinteresse hingegen konnte ich mir dabei beim besten Willen noch nicht einmal vorstellen. Und dann war da auch noch diese feine Angst, die ich andauernd verspürte, besonders von Bernard ausgehend. Wie sollte es denn denkbar sein, dass ich ihm oder auch Marie Angst bereitete? Auch das passte nicht in meine Vorstellungen. Es befremdete mich und tatsächlich begleitete mich ständig das Gefühl, dass es auch für Silvia keineswegs möglich war, das Zaudern der beiden nachvollziehen zu können.

Wir hatten im Vorfeld selbstverständlich viel über die Eltern von Philippe gesprochen. Es war deutlich erkennbar, dass es Silvia unangenehm war, dass die beiden mich nicht von sich aus auch einmal persönlich sehen wollten. Sie musste regelrechte Überzeugungskunst leisten, damit dieses Treffen überhaupt zustande kam. Weder Vater noch Mutter hatten von sich aus den Wunsch ausgesprochen, mich kennenzulernen. Silvia hatte dies zwar nicht ganz offen mir gegenüber geäußert. Unseren Gesprächen konnte ich es dennoch ganz deutlich entnehmen.

Was hinderte diese Menschen daran, sich für mich zu interessieren? War es denn tatsächlich so, dass da nichts war, was sie von mir wissen wollten? Vielleicht ruhte die Angst auch daher, dass sie sich davor fürchteten, mich mögen zu können. Vielleicht wäre es ihnen dann wie ein Verrat an Philippe vorgekommen. Auch konnten sie womöglich nicht mit der Situation umgehen, dass Silvia und ich uns derart gut verstanden. Kam es ihnen gar so vor, als würde ich Philippe die Familie wegnehmen wollen? Glaubten sie wirklich, dass das möglich war? Dachten sie darüber nach, dass ich vielleicht nicht nur bereits Philippes Gestalt besäße, sondern nun auch noch sein Wesen einnehmen wollte? Da waren so viele Fragen, die ich gerne angesprochen hätte. Es ließ mich regelrecht verzweifeln und machte mich beinahe wütend, die beiden so zu erleben. Diese scheinbare Teilnahmslosigkeit schien mir geradezu monströs. Wären die Umstände von Philippes Tod unklar gewesen, hätte ich vermutlich sogar begonnen, darüber nachzudenken, dass sie etwas mit seinem Tod zu tun haben könnten und nun in mir sein Gespenst sahen. Dass ich mir aber gar keinen Reim auf das Verhalten von Marie und Bernard machen konnte, wurmte mich gewiss am meisten. Schließlich verstand ich mich als Menschenkenner und lag auch zumeist richtig, insbesondere mit der ersten Einschätzung von mir zuvor Unbekannten. Nur, hier kam es gar nicht wirklich dazu, da sich meine Gegenüber jede Mühe gaben, sich mir zu entziehen. Wieder schaute Marie weg von mir und erneut konnte ich Bernards mir völlig unerklärliche Ängstlichkeit verspüren.

Bald jedoch schon geriet glücklicherweise das Zusammentreffen mit mir ein wenig in den Hintergrund. Philippes Eltern, und vor allem Tante Catherine, drängten Silvia dazu, sie ausführlichst über den Besuch und die Gegenüberstellung auf dem Polizeipräsidium zu informieren. Silvia erstattete daraufhin einen umfänglichen Bericht von den Ereignissen am Vormittag, während ich mich gänzlich zurückhielt und Philippes Eltern weiter beobachtete.

Zum Ende meines Besuchs erfolgte eine höfliche Verabschiedung. Ich nutzte diese Gelegenheit, Marie und Bernard nochmals ganz nah zu kommen. Dabei versuchte ich einerseits, die zwischen uns herrschende Distanz zu verringern, andererseits wollte ich in ihren Gesichtern lesen. Beides gelang mir leider mitnichten.

Die beiden senkten die Barriere nicht ums Geringste und ließen mich keinen ach so kurzen Moment in ihr wahres Ich schauen.

Nach dem Besuch bei Philippes Eltern begleitete Silvia mich bis zur Metrostation, von der ich in die Stadtmitte zurückfahren würde. Später wollten wir uns noch zu einem gemeinsamen Abendessen treffen.

Auf dem Weg zur U-Bahn löcherte ich Silvia bereits mit Fragen und erklärte ihr, dass es mir unmöglich gewesen war, eine nähere Einschätzung von Marie und Bernard vorzunehmen. Ich erzählte ihr von den Gedanken, die ich während des Besuchs bei ihren Schwiegereltern gehegt hatte; von meinen Gedanken bezüglich des scheinbaren Unvermögens der beiden, mich zu mögen; von der Unsicherheit, die ich insbesondere bei der Mutter ausmachen konnte, und schließlich von dieser zarten Angst, die ich andauernd beim Vater zu verspüren glaubte.

Silvia versuchte es zunächst mit einer Entschuldigung. Wohl dachte sie, ich sei verletzt, da Philippes Eltern sich nicht gerade als die Gastgeber präsentiert hatten, die man sich wünschen würde. Ich erklärte ihr aber schnell, dass es mir hierum weniger ging; auch, dass sie sich keinerlei Vorwürfe machen und sich bitte nicht für die beiden bei mir entschuldigen solle. Ich versuchte, ihr darzustellen, dass es mir lediglich so vorkam, als wäre es regelrecht unnatürlich, dass Philippes Eltern kein Interesse mir gegenüber hegten. Ich versuchte, sie zu ermutigen, sich vorzustellen, wie sie in gleicher Situation reagieren würde. Ich fragte sie, ob sie hierbei ein Verhalten wie das von Marie und Bernard auch nur im Entferntesten nachvollziehen könne.

Silvia schien hierüber nachzudenken und tatsächlich den Versuch zu unternehmen, eine derartige Vorstellung anzustellen. Schließlich sagte sie:

»Nein, David, du hast völlig recht, das Verhalten meiner Schwiegereltern ist in der Tat nicht zu erklären. Wie anders doch Tante Catherine auf dich reagiert hat. Ich denke ebenfalls, dass die beiden dir gegenüber ein deutlich wahrnehmbares Interesse zeigen müssten. Auch wenn es sie vielleicht sehr schmerzt, weil du sie ständig an ihren Sohn erinnern musst, sollte dennoch zumindest Neugierde zu erkennen sein. Ich habe es damals schließlich selbst erlebt. Natürlich hegte ich, wie du es auch weißt, nicht unerhebliche Zweifel daran, dass es gut war, dich kennenzulernen. Auch fiel es mir häufig äußerst schwer, dich überhaupt anzusehen. Es war und ist noch immer so, als ob ich ihn ansähe, den Mann, den ich mehr als alles andere in der Welt geliebt habe. Es schien mir oftmals als schwacher Trost, lediglich ein Abbild von Philippe anschauen zu können. Dennoch, Ablehnung oder gar Desinteresse dir gegenüber wären mir zu keinem Zeitpunkt in den Sinn gekommen.«

Sie blickte mich ernst an und fügte schließlich noch hinzu: »Wie ich es schon zuvor auch erwähnt habe, kenne ich Philippes Eltern völlig anders. Eigentlich sind sie die liebenswürdigsten Menschen, die man sich nur vorstellen kann. Umso mehr kann ich nicht verstehen, warum sie dir gegenüber so abweisend sind.«

Wir verabredeten, unser Gespräch später fortzusetzen, und schon verschwand ich in der Metro, auf dem Weg zurück ins Hotel.

< 8 >

Was für ein Tag. Erst der Termin für die Gegenüberstellung, wenngleich es durchaus interessant war, einen Blick in das Gebäude des berühmten Polizeipräsidiums am Quai des Orfèvres werfen zu können. Dann dieser grauenhafte Besuch bei Philippes Eltern, der gleichermaßen den Charme einer Gegenüberstellung an sich hatte. Furchtbar, selten war ich mir derart unerwünscht vorgekommen. Auch war für mich noch immer nicht nachvollziehbar, warum Bernard und Marie in dieser befremdlichen Weise mir gegenüber reagierten. Wenn ich sie im Miteinander mit Silvia erlebte, schienen es gänzlich andere Menschen zu sein. Sie wirkten dann stets aufmerksam und ihr äußerst zugeneigt. Auch machten sie auf mich keinen durchweg unsympathischen Eindruck. Lediglich im Umgang mit mir schien alles schwierig. Philippes Mutter, die mich kaum anzusehen vermochte, und schließlich der Vater, bei dem ich fortwährend das Gefühl besaß, dass er regelrecht Angst vor mir hatte. Ich glaubte auch den Worten Silvias, wenn sie mir immer wieder versicherte, dass sie ihre Schwiegereltern so noch nie erlebt hätte. Schließlich kannte sie die beiden bereits seit frühester Kindheit. Wie sehr bedauerte ich gerade zu diesem Zeitpunkt, dass Philippe nicht mehr lebte und ich daher keine Möglichkeit mehr besaß, ihn persönlich kennenzulernen. Hätten seine Eltern auch so mir gegenüber reagiert, wenn er noch leben würde?

Stets stellte ich mir die Frage, ob Philippe und ich

gute Freunde geworden wären, wenn ein leibhaftiges Kennenlernen zwischen uns stattgefunden hätte. Nach den Beschreibungen von Silvia und auch von Aemilia und Cassius waren wir uns nicht nur äußerlich derart ähnlich, dass man uns gar nicht zu unterscheiden vermochte. Auch in unserem Wesen, in unserer Art, sollten wir einander dermaßen gleich gewesen sein, dass man sicherlich Schwierigkeiten gehabt hätte, uns auseinanderzuhalten, würde Philippe noch leben.

Wäre das gut gegangen; wären wir voneinander nicht nur fasziniert gewesen, sondern hätten wir uns auch aufrichtig gemocht? Es machte wohl kaum Sinn, sich diese Fragen zu stellen, da es hierzu nun einmal nie eine Antwort geben würde. Dennoch, ich konnte einfach nicht anders. Immer wieder musste ich mich selbst mit diesen Gedanken belasten.

Auch dachte ich darüber nach, ob sich Silvia und ihre Kinder ähnliche Fragen stellten. Vielleicht dachten sie, dass ich vermutlich auch Einzug in ihr Leben gehalten hätte, wenn ich Philippe selbst zuvor begegnet wäre. Vielleicht stellten sie sich die Frage, wie es gewesen wäre, wenn ihr Mann respektive ihr Vater einen Freund besessen hätte, der einem Zwillingsbruder nahekam. Es hätten hierbei gewiss Zweifel auftreten können, ob dies eine wünschenswerte Vorstellung darstelle. Schließlich sagt man Zwillingen ein so nahes Verhältnis zueinander nach, dass es Außenstehenden schwerfiel, hiermit zu konkurrieren. Vielleicht wäre ich zum Störenfried schlechthin geworden.

Wie auch immer, ich konnte und wollte mir einfach

nicht vorstellen, dass Philippe und ich einander nicht gemocht hätten.

Silvia und ich waren erneut in einem Restaurant verabredet, das dem Hotel, wo ich wohnte, nahe lag. Dieses Mal wollten wir Japanisch essen gehen. Bereits bei meinem letzten Aufenthalt in der Stadt war mir aufgefallen, dass es mittlerweile eine Unzahl von japanischen Restaurants in Paris gab. Diese schienen offensichtlich sehr guten Anklang zu finden, ganz besonders bei den Einheimischen.

Zu meiner Überraschung wurde Silvia von Tante Catherine begleitet, und einem jungen Mann, dem eine große Ähnlichkeit zu Philippes Vater anzusehen war.

Silvia entschuldigte sich zunächst dafür, mich mit ihrer unerwarteten Begleitung einfach so zu überraschen. Den jungen Mann stellte sie mir als Maurice vor, einen Neffen von Philippe.

Auch bei genauerem Hinsehen war die Ähnlichkeit zu Bernard deutlich erkennbar. Erstmals nahm ich hierbei bewusst wahr, dass beide blaue Augen hatten und dunkelblondes Haar. Also gab es doch auch Ähnlichkeiten zu mir und somit zu Philippe. Jedoch waren die Gesichtszüge der beiden, den unseren völlig unähnlich, während sie einander stark ähnelten.

Philippes Vater und auch sein Neffe waren zudem größer, als Philippe es gewesen und ich es war. Bei dem jungen Mann war das auch durchaus nachvollziehbar. Schließlich wuchs die Jugend schlichtweg in den Himmel. Da aber sowohl Bernard wie auch seine

Frau ziemlich groß gewachsen waren, hatte es mich bereits zuvor gewundert, dass Philippe lediglich meine Körpergröße erlangt hatte.

Tante Catherine und auch der junge Maurice schienen mehr als neugierig auf mich zu sein. Erwartungsvoll glitten ihre Augen fortwährend über meine Gestalt und blieben immer wieder bei meinen Gesichtszügen hängen.

Endlich, dachte ich mir. Es schien mir die ganze Zeit über völlig unmöglich, dass Menschen, die Philippe kannten, insbesondere Verwandte, kein Interesse an dem besonderen Umstand meiner Existenz hegten.

Maurice, von Silvia erfuhr ich später, dass er genauso alt war wie ihre Tochter Aemilia, wandte sich dann auch, anfangs noch etwas verlegen, an mich und meinte:

»Herr Adolphy, es ist wahrhaftig kaum zu glauben. Sie sehen meinem Onkel tatsächlich so ähnlich, wie ein Ei dem anderen.«

Mehr an Silvia und Tante Catherine gewendet fragte er dann noch:

»Seid ihr denn alle sicher, dass keine Verwandtschaft besteht?«

Wieder gänzlich an mich gewandt setzte er noch an:

»Herr Adolphy, meine Tante«, womit er Silvia meinte, »hat mir gesagt, dass sie auch französische Wurzeln haben. Ist es denn wirklich auszuschließen, dass Ihre Familie doch irgendeine Verwandtschaft zu der unseren aufweist?«

Silvia und ich versicherten dem jungen Mann und

auch Tante Catherine noch einmal, dass wir uns jede erdenkliche Mühe gegeben hatten, eine noch so kleine Zusammengehörigkeit der beiden Familien zu entdecken. Philippes Ähnlichkeit zu mir musste eine Laune der Natur sein, da es offensichtlich keine Verbindung von den Roannes zu den Adolphys gab.

Von Maurice erfuhr ich im Laufe des Abends, dass auch seine Schwester und seine Eltern mich sehr gerne kennengelernt hätten. Die Eltern von Maurice besuchten jedoch gerade dessen Schwester, die ein Studiensemester in den Vereinigten Staaten belegte.

Tante Catherine ergänzte noch, dass auch ihr Bruder Albert, Maurice' Großvater, mich gerne persönlich gesehen hätte, sich aber auf einer Geschäftsreise befand, und demnach ebenfalls nicht abkömmlich war. Sie solle ausrichten, dass er die Gelegenheit mit Freude nachholen würde, wenn ich wieder einmal nach Paris käme.

Schon rückten die Erinnerungen an die beklemmende Atmosphäre, die ich am Nachmittag bei Philippes Eltern erlebt hatte, ein wenig in den Hintergrund. Es schien so, als seien die Verwandten von Philippe durchaus nette und umgängliche Menschen; Menschen, zu denen eine Bekanntschaft erstrebenswert war.

Silvias Gesicht konnte ich ablesen, dass sie froh darüber war, dass sich die Familie von Philippe doch noch in einem anderen, einem besseren Licht zeigte. Lediglich ihr Blick trübte sich immer wieder einmal, was aber ganz sicher daran lag, dass sie ständig auch an das Aufeinandertreffen mit dem jungen Mann denken musste, der Philippe getötet hatte. Dieses lag schließlich nur Stunden zurück. Zudem wurden wir am kommenden Morgen erneut auf dem Präsidium erwartet, damit Silvia dort auch zu den Mittätern, anhand von Fotos, Angaben machen konnte. Dort würde sie voraussichtlich in jene Gesichter blicken, die sie in bösen Träumen und Gedanken seit dem Überfall auf sie und Philippe verfolgten.

In jenem Moment dachte ich mir, dass es vermutlich eine gute Entscheidung des Commissaire Olivier war, Silvia nicht direkt auf alle Beteiligten Täter treffen zu lassen, wie wir es zuvor erwartet hatten. Ich erkannte schon bald den Sinn darin, hier eine Trennung vorzunehmen. Es wäre vermutlich doch eine zu große Zumutung für Silvia gewesen, allen Tätern jener Nacht plötzlich erneut und gleichzeitig gegenüberzustehen. Auch, dass sie die anderen jungen Männer jetzt nur noch anhand Fotografien ausmachen sollte, fand ich gut überlegt. Das stellte ganz gewiss eine erhebliche Entlastung für Silvia dar.

Zwischenzeitlich servierte eine freundlich zuvorkommende Bedienung das Essen. Die verschiedensten, wunderschön aussehenden Sushis und Sashimis wurden in einem repräsentativ als Holzboot gestalteten Tablett zwischen uns gestellt.

Schon bald darauf machten wir alle uns mit sichtbarem Genuss über die kleinen Köstlichkeiten her. Sowohl Tante Catherine wie auch Maurice war anzusehen, dass sie die japanische Küche kannten und mochten. Von Silvia wusste ich dies bereits zuvor.

Zu meiner freudigen Überraschung hatte Tante Catherine zuvor einen Riesling, aus dem Elsass, bringen lassen, der das Essen hervorragend begleitete. Das Lokal wurde offensichtlich von einer Familie geführt. Die beiden jungen japanischen Bedienungen, gewiss Bruder und Schwester, ähnelten dem Herrn der Küche nur allzu sehr.

Während wir inzwischen die dritte Flasche Wein anbrachen, gab Silvia kund, dass das Restaurant eine Empfehlung von Maurice gewesen sei. Dieser habe es einige Zeit zuvor entdeckt und, der Meinung waren wir schließlich alle, nicht zu Unrecht hochgelobt. Leicht angeheitert wandte sich Silvia an den jungen Mann und bohrte ein wenig nach, ob er denn hier mit einer Freundin gewesen sei. Dann auch noch, als er das etwas verlegen bejahte, ob das denn eine ernstere Geschichte sei und ob er sie ihr nicht einmal vorstellen wolle, da sie doch gerade in Paris sei und sich daher die beste Gelegenheit böte.

Man sah Maurice noch weiter sein Unwohlsein aufgrund der Fragerei durch Silvia an, konnte aber auch erkennen, dass er schließlich doch noch bemerkt hatte, dass sie ihn lediglich freundschaftlich ein wenig aufziehen wollte.

Wir amüsierten uns den Abend über weiterhin köstlich und leerten auch noch eine weitere Flasche des wunderbaren Rieslings.

< 9 >

Mein Telefon klingelte, was mich unerwartet aus dem Schlaf riss. Es war Marcus, der gleich aufgeregt durch den Hörer rief:

»David, es tut mir leid, dass ich dich so früh wecke. Ich muss es aber tun. Du hast Post bekommen.«

»Ist es denn wirklich so wichtig?«

Ein Blick auf die Uhr verriet mir, dass es noch nicht einmal viertel nach sechs war. Nun ja, für Marcus war das kaum ungewöhnlich, zumal er meist bereits gegen sieben Uhr das Haus verließ. Leicht aufseufzend ließ ich mich zurück in die Kissen fallen und gab nur kurz von mir:

»Na, dann leg mal los.«

Ich hörte regelrecht Marcus' Grinsen, als er, ohne auf meine Zweifel in Bezug auf die Wichtigkeit seiner Nachricht einzugehen, weitersprach:

»Ich war gestern Abend bei dir und habe dort auch den Briefkasten geleert. Erst eben aber habe ich genauer nachgesehen und festgestellt, dass ein Brief von den Philippinen dabei ist.«

Marcus machte eine kurze Pause, in die ich sofort einbrach:

»Ein Brief von den Philippinen, bist du dir da sicher? Gibt es denn einen Absender?«

Ich ließ ihn kaum zu Wort kommen, war ich es doch inzwischen, der aufgeregt war.

»Hier ist Aaron Percey angegeben. Ist das nicht der Vater von deinem Freund Josh?«

Jetzt war meine Neugierde vollends geweckt. Es hielt mich nicht mehr im Bett. Stattdessen durchzog ich mein kleines Hotelzimmer mit langen Schritten.

»Ja, stimmt, das ist sein Vater. Was will er denn, hast du den Brief schon gelesen?«

Marcus verneinte und meinte, dass er mich doch zumindest vorher fragen müsse.

Nervös dirigierte ich ihn dazu, doch endlich den Brief zu öffnen und ihn mir schließlich vorzulesen. Er war, wie zu erwarten, in Englisch verfasst und enthielt die traurige Nachricht, dass mein Freund Josh gestorben war, und zwar bereits etwa ein halbes Jahr zuvor. Da Josh und ich schon seit sehr langer Zeit keinerlei Kontakt mehr zueinander hatten, war bei den Perceys auch keine Adresse von mir bekannt. Ich erfuhr durch den Brief auch erstmals davon, dass Joshua verheiratet gewesen war. Seine Frau war es auch, die mich letztlich über das Internet gefunden hatte. Sie hatte die dabei herausgefundene Adresse von mir an Joshs Vater weitergeleitet.

Aaron Percey wollte zunächst sichergehen, dass ich auch wirklich der David Adolphy war, mit dem sein Sohn früher so gut befreundet gewesen war. Entsprechend enthielt das Schreiben keine ausführlicheren Angaben zu den Umständen, die zu Joshs Tod geführt hatten. Stattdessen schloss es die Bitte ein, mich doch zu melden, um ein Missverständnis ausschließen zu können.

Glücklicherweise war in dem Brief eine E-Mail-Adresse angegeben. Ich hätte es kaum aushalten mögen, den langen Postweg abzuwarten.

Ich versuchte, mir nicht allzu sehr anmerken zu lassen, wie sehr mich die Nachricht betrübte, als ich mich schon bald, nachdem er mir den Brief vorgelesen hatte, von Marcus verabschiedete. Für einen kurzen Moment überkam mich ein Gefühl, das mir einzureden schien, dass alle um mich herum starben. Das war natürlich völlig irrational. Schließlich waren es lediglich zwei Personen, von denen ich zudem eine, Philippe, zuvor noch nicht einmal gekannt hatte. Josh wiederum war zwar schlichtweg der Freund in meiner Jugend, Kontakt zu ihm hatte ich aber ganz sicher bereits seit mehr als fünfundzwanzig Jahren keinen mehr.

Mir schossen Erinnerungen an unser erstes Aufeinandertreffen in den Kopf. Das war in einem Beach-Resort in der Nähe von Cebu gewesen, der zweitgrößten Stadt der Philippinen. Das Resort stellte damals die erste Anlaufstation für meine Familie und mich dar, als wir in dem tropischen Inselstaat ankamen. Josh hingegen verbrachte dort lediglich einen Strandtag, da er bereits seit Kleinstkindtagen auf den Philippinen zu Hause gewesen war.

Wir hatten damals kaum Notiz voneinander genommen, obwohl wir einander aufgefallen waren. Zufällig aber mieteten wir später das Nachbarhaus der Perceys. Dieses erneute Aufeinandertreffen und die Tatsache, dass er weit und breit der einzige ebenfalls nicht einheimische Junge war, schafften zunächst die Basis für ein besseres Kennenlernen. Obwohl Josh etwa anderthalb Jahre jünger gewesen war, als ich, wurden wir flugs die allerbesten Freunde.

Sofort machte ich mich daran, eine E-Mail an Joshs Vater zu verfassen. Ich wollte unbedingt mehr erfahren.

< 10 >

Der Commissaire erwartete uns bereits an der Tür zu seinem Büro und lächelte uns freundlich an, als wir auf ihn zutraten. Er begrüßte uns zuvorkommend und bat mich dieses Mal mit hinein.

Offensichtlich teilte er sich das Büro mit einem Kollegen, da zwei Kopf an Kopf stehende Schreibtische den Raum dominierten. Herr Olivier führte uns zum linken Schreibtisch und ließ uns vor diesem, genauer eigentlich an dessen rechter Seite, da sich gegenüber der Arbeitsplatz des Kollegen befand, auf zwei bereitgestellten Stühlen Platz nehmen.

Der Commissaire bot uns Kaffee an, was wir nicht ablehnten. Er verschwand hierfür kurz auf dem Flur, sodass sich eine flüchtige Gelegenheit ergab, den Raum genauer anzusehen.

Meine Annahme, dass es sich um zwei Arbeitsplätze handelte, bestätigte sich dadurch, dass auf beiden Schreibtischen Namensschilder standen. Während bei unserem Kommissar eben Pascal Olivier zu lesen war, war auf dem anderen Schild der Name einer Frau auszumachen, dem ebenfalls die Abkürzung für Commissaire voranstand. Beide Arbeitsplätze schienen etwa gleich ausgestattet, jeweils mit eigenem Telefon, Computer und Monitor. Hinzu kam ein Kopiergerät, das rechts von der Tür an der Wand stand. Vermutlich konnte über den Kopierer auch gedruckt werden, da keine weiteren Geräte auszumachen waren, die diese Funktionen hätten übernehmen können. Gegenüber der

Tür und der Wand zum Flur befanden sich zwei große Fenster, von denen man aber nur in einen Hof und auf diesen umschließende Gebäudeteile sah. Hinter uns, also links neben der Tür, war die Wand zum Flur hin nahezu gänzlich mit einer Magnettafel verkleidet, an der unzählige Fotos und Notizen hefteten.

Als Silvia das bemerkte, ging sie schnell auf die Tafel zu, wohl um zu sehen, ob hier auch Bilder angeheftet waren, anhand der sie die Täter identifizieren sollte.

Silvia stand noch unmittelbar vor dem scheinbar ungeordneten Sammelsurium von Ausdrucken, Notizzetteln und eben Fotografien, als Commissaire Olivier wieder in den Raum trat. Er brachte drei Becher gefüllt mit dampfendem Kaffee mit, während er sich an Silvia wandte:

»Nein, Madame, die Fotos befinden sich nicht an der Wand.«

Er stellte einen der Kaffeebecher unmittelbar vor mich, nahm dann Platz und wartete zunächst, bis Silvia sich wieder gesetzt hatte. Während er dann einen weiteren Becher vor Silvia platzierte, fuhr er fort:

»Ich werde Ihnen die Aufnahmen der vermeintlichen Täter gleich am Monitor zeigen.«

Der Commissaire unterbrach sich selbst noch einmal, um einer Schublade seines Schreibtischs eine ziemlich große Metalldose zu entnehmen, die, nachdem er sie geöffnet hatte, eine bunt zusammengewürfelte Auswahl an kleinen Zucker- und Milchportionen enthielt. Mit leicht gequältem Gesichtsausdruck bot er uns seine Kollektion an und wandte sich dann schnell dem eigentlichen Grund von Silvias Besuch zu. Er wendete den Monitor in unsere Richtung und öffnete mit ein paar Mausbewegungen einen Ordner, der mehrere, lediglich mit Nummern versehene Unterordner enthielt.

Dann wandte er sich noch einmal direkt an Silvia:

»Sind Sie bereit, Madame?«

Als Silvia ihm zunickte, öffnete er den obersten der Unterordner und wählte hieraus wiederum die oberste Bilddatei, die sich sofort darauf präsentierte.

Ich bemerkte, wie Silvia regelrecht zusammenzuckte, während auf dem Bildschirm die Frontalaufnahme eines jungen Mannes, offensichtlich mit Migrationshintergrund, auszumachen war. Das Aufschrecken von Silvia gab mir Anlass, davon auszugehen, dass es sich um einen der Täter handeln musste. Auf dem Foto an sich nahm ich hingegen einen durchaus sympathisch aussehenden Jungen war, den ich auf etwa neunzehn schätzte. Entsprechend war er zum Zeitpunkt der Tat wohl höchstens siebzehn gewesen. Auch auf den weiteren Fotos, die den Jugendlichen aus verschiedenen Perspektiven zeigten, konnte ich keinesfalls einfach so den Kriminellen erkennen, der er aber scheinbar dennoch war. Auch wenn es sich hier nicht um den Täter handelte, der letztlich geschossen und somit Philippe getötet hatte, verhielt es sich doch zumindest so, dass er die Tat in Kauf genommen und geduldet hatte.

Ich machte mir Gedanken darüber, ob es wirklich so

einfach war, wie es die Vorstellungen von Silvia ergaben. In ihren Augen war der junge Mann, der Philippe getötet hatte, schlichtweg dessen Mörder. Diese simple Betrachtungsweise ließ nichts anderes zu, kannte keinerlei Pardon. Dieser junge Mann hatte Silvia schließlich das genommen, was ihr im Leben das Wertvollste war. Silvia hatte durch das ungeheure Verbrechen ihren Mann verloren. Den Mann, der sie beinahe ein halbes Jahrhundert, vermutlich die Hälfte ihres eigenen zu erwartenden Lebens begleitet hatte. Sie hatte den Menschen überleben müssen, der ihr näherstand als irgendein anderer; den Menschen, der sein Leben geteilt hatte, um mit ihr ein einziges, gemeinsames Dasein zu leben.

Zugleich verwunderte mich ihre Härte ein wenig. War es nicht auch so, dass sie selbst einen Sohn hatte, der ähnlich alt war wie der Jugendliche, der Philippe getötet hatte? Natürlich verhielt es sich so, dass Silvia durch Philippes Tod auch den Vater ihrer Kinder verloren hatte. Aber ließ denn gerade die Vorstellung, dass Philippe und Silvia selbst Eltern waren, nicht auch ein wenig Raum für Vergebung?

Wenn es keine Vergebung geben durfte, was war dann die gerechte Strafe für ein Verbrechen, bei dem ein Mensch zu Tode gekommen war. Konnte die Tat überhaupt mit irgendetwas anderem aufgewogen werden, als dem Tod dessen, der dem anderen das Leben genommen hatte? War denn das, was die Gesellschaft für diesen jugendlichen Täter beschließen würde, auch nur annähernd als gerecht anzusehen? Durfte denn die

Tatsache, dass es sich bei dem zu Verurteilenden, um einen jungen Menschen handelte, die Härte der Strafe beeinflussen? Wie verhielt es sich mit dem Umstand, dass es das erste Tötungsdelikt des Anzuklagenden sein würde? Wie damit, dass er zugleich aber bereits ein Strafregister besaß, das eine allgemeine Bereitschaft zu Gewalttaten erkennen ließ?

Würden die persönlichen Lebensumstände Berücksichtigung finden? Was wäre, wenn sich herausstellte, dass der Straffällige sein kurzes bisheriges Leben selbst meist Opfer gewesen war? Vermutlich hatte er Angst, als er schoss und dabei tötete. Es mögen viele Ängste gewesen sein, die letztlich zum Tod von Philippe geführt hatten. Ängste vor Männern im Alter des Vaters des jungen Mannes; Männern, die ihren Frauen wehtaten; Vätern, die ihre Kinder schlugen; erwachsenen Menschen, die ihr eigenes Leben nicht meistern konnten und eher einzig vor sich hin vegetierten, als ihren Familien Schutz und Halt zu bieten. Sehr wahrscheinlich führten auch Versagensängste dazu, dass der junge Mann getötet hatte. Kannte der Junge denn überhaupt Erfolge, die nicht auf Verbrechen beruhten? Wie wäre es wohl gewesen, wenn der Überfall nicht zum mutmaßlichen Erfolg geführt hätte? Wie hätte der Anführer der Gruppe, derjenige, der schließlich die Waffe mit sich führte, dann vor seinen Freunden dagestanden? Was wäre passiert, wenn es Philippe vielleicht sogar gelungen wäre, die Situation umzukehren; dem körperlich vermutlich Unterlegenen die Waffe zu entreißen und somit die Oberhand zu gewinnen? Vielleicht wäre es Philippe möglich gewesen, dann den Jugendlichen zu stellen, was schließlich zu einer Gefängnisstrafe geführt hätte. Würden sich diese Ängste strafmildernd auswirken, und wäre das dann eine gerechte Vorgehensweise?

Inzwischen wussten alle, dass der Überfall letztlich nicht zu dem Erfolg geführt hatte, den er mit sich bringen sollte; alle wussten jetzt, dass die Täter doch noch entdeckt und einer Strafe zugeführt wurden. Dennoch, es änderte nicht die Vergangenheit. Philippe war tot, und irgendein Richter würde nun die bedauernswerte Position erlangen, dem jugendlichen Mörder eine Strafe aufzuerlegen. Hierbei würde der Richter an Vorstellungen gebunden sein, die unsere Gesellschaft im Laufe der Zeit ihrer Existenz entwickelt hatte. Vorstellungen, wie mit jungen Menschen umzugehen war, wenn sie von den Bahnen abwichen, die wir als zwischenmenschlich angemessen und wünschenswert betrachten.

Machte es denn einen Unterschied, unter welchen Voraussetzungen ein Mensch einen anderen Menschen tötet; es führte doch stets zu demselben Ergebnis, nämlich dem Tod des anderen. War denn Silvias Gerechtigkeitssinn falsch, der da einfach lautete: Der Mensch, der meinen Philippe getötet hat, ist dessen Mörder.

Gibt es Unterschiede zwischen Töten und Morden; wer legt hier die Grenzen fest; was ist gerecht? Wenn Mord Töten mit Vorsatz bedeutete, wäre schließlich auch der ein Mörder, der durch sein Töten das Morden eines anderen verhindern will.

In der Regel unterschieden wir hier aber nur zu gern. Nehmen wir beispielsweise den Scharfschützen, der einen Geiselnehmer erschoss. Wir könnten uns hierbei sicherlich auch den Kampfpiloten vorstellen, der eine Bombe über einem Terroristenlager abwirft.

Was aber ist mit der Mutter, die ihren Mann tötete, weil der das gemeinsame Kind misshandelte und dessen Leben lebensunwert machte? Durfte die Frau ihren Mann töten, wenn zu befürchten war, dass die Misshandlungen, die ihr Kind erleiden musste, zu dessen Tod führen würden? Hatte sie dann getötet oder gemordet? Fiel die gerechte Strafe dann gleich hoch aus wie die, die ihren Mann träfe, wenn seine Misshandlungen tatsächlich zum Tod des Kindes geführt hätten?

»Das ist einer von den Mördern.«

Es war kaum mehr als ein Hauchen, das ich von Silvia vernehmen konnte. Sie wendete sich vom Monitor ab und sah Commissaire Olivier direkt an, als sie wiederholte, dieses Mal mit fester Stimme:

»Das ist einer von ihnen, das ist einer der Mörder meines Mannes.«

Dann sah sie zu mir herüber. Einerseits erschien mir ihr Blick Hilfe suchend, andererseits war ihm erneut eher Wut als Trauer auszumachen.

Meine vorangegangenen Gedankengänge bereiteten mir regelrechte Schwierigkeiten im Umgang mit Silvia. Ich traute mich kaum, sie anzusehen, da ich befürchtete, dass sie mir anmerken könnte, dass ich ihre Überzeugtheit in der Einordnung des Verbrechens nicht gänzlich und ohne Zweifel teilen konnte. Ich lächelte sie daher nur kurz ermutigend an, schloss sie dann schnell in die Arme, auch um ein wenig ihrem Blick zu entgehen.

Als wir uns lösten und erneut dem Bildschirm zuwandten, wählte der Commissaire einen weiteren Bilderordner und das Szenario wiederholte sich in etwa, da Silvia den dort gezeigten Jugendlichen ebenfalls erkannte.

Commissaire Olivier führte Silvia noch eine ganze Reihe von Bildern von verschiedenen jungen Männern vor. Silvia blieb hierbei stets sachlich, sich dessen bewusst, dass eine falsche Beschuldigung keine Gerechtigkeit schaffen würde.

Am Ende war es ihr möglich, alle Täter ausmachen, bis auf einen. Offensichtlich war dieser noch nicht ins Netz der Polizei geraten. Entsprechend lag es nun am Geschick des Commissaire, Hinweise zu dessen Identität über Verhöre der anderen Täter zu erlangen. Eine bestmögliche Täterbeschreibung sowie eine Phantomzeichnung lagen noch von den vorangegangenen Ermittlungen vor, sodass Silvias Auftrag in Paris zunächst seine Erledigung gefunden hatte.

Commissaire Olivier begleitete uns noch bis hinaus, vor das Gebäude und bedankte sich erkennbar aufrichtig für die gute Zusammenarbeit und Silvias Bemühungen in der Sache. Er schloss noch an, dass er sich größte Mühe bei der Suche nach dem noch verbliebenen Täter geben wolle. Er ließ uns hierzu auch noch wissen, dass er entsprechende Fotos, falls es so weit käme, sicher auch an das französische Konsulat in Barcelona schicken könne. Bestimmt wäre es möglich, die Identifizierung dort vorzunehmen, sodass Silvia eine erneute Anreise erspart bliebe.

Zu meiner Überraschung sprach der Commissaire auch mich direkt noch einmal an und meinte, dass er noch nie erlebt hätte, dass zwei sich völlig fremde Menschen einander derart glichen. Er merkte hierzu noch an, dass sein Beruf ihm durchaus eine Menge zunächst unglaublicher Geschichten zuspielen würde. Etwas Vergleichbares sei ihm aber noch nie begegnet.

Schließlich, wieder an uns beide gerichtet, entließ er uns mit einer freundlichen Verabschiedung und den besten Wünschen für die jeweilige Heimreise.

< 11 >

Als Silvia anrief und mich nach Paris bat, hatte ich mich sofort daran begeben, nach etwas Besonderem zu suchen. Etwas, das wir gemeinsam unternehmen könnten. Etwas, das Silvia vielleicht auch ein wenig ablenken würde.

Nach bemühten Recherchen bei den bekannten Suchmaschinen wurde ich auch recht bald fündig. Ein Klavierkonzert; und nicht irgendeines. Ich konnte noch Karten bestellen für einen Albéniz-Abend. Hier sollte ein junger, vielversprechender französischer Pianist den dritten und den vierten Band aus dem Zyklus »Iberia« vorführen. Ich zögerte keinen Moment, sondern bestellte sofort die Karten.

Da ich Silvia zumindest darüber informieren musste, dass ich etwas für den Abend organisiert hatte, freute ich mich umso mehr, dass ich sie tatsächlich mit der Auswahl, in Bezug auf meine Überraschung, begeistern konnte. So führte ich Silvia an jenem Abend in die Kirche Saint-Ephrem, die sich in der Nähe der Sorbonne befand. Hier wurden häufig Konzerte aufgeführt, und man konnte die Karten direkt ausdrucken, nachdem man sie im Internet bestellt hatte. Es handelte sich um eine syrisch-katholische Kirche, auch wenn ich nicht so recht wusste, was das bedeutete. Ich hatte lediglich in Erfahrung bringen können, dass diese religiöse Ausrichtung einen eigenen Patriarchen besaß, und die Gottesdienste in syrischer Sprache abgehalten wurden.

Bei dem Gotteshaus selbst handelte es sich um ein von der Straße aus zurückliegendes Gebäude, das man von außen zunächst kaum wahrnahm. Im Inneren mutete es beinahe orthodox an, was vermutlich an der besonderen Glaubensrichtung lag. Während der Bestellung der Karten hatte ich gelesen, dass die Kirche bis zu vierhundert Konzertbesucher fassen konnte.

Vor dem Besuch des Konzerts aßen wir nur eine Kleinigkeit, in einem Restaurant unweit unseres Ziels. Leider besaßen wir kein allzu großes Glück bei der Wahl des Lokals. Unser Essen war nicht sonderlich gut, dafür aber ziemlich teuer. Umso mehr freuten wir uns bereits darauf, dass wir uns vorgenommen hatten, im Anschluss an das Konzert ein weiteres kleines Abendmahl zu uns zu nehmen.

Silvia kannte die Kirche und wusste auch, dass hier regelmäßig Konzerte aufgeführt wurden. Ja, sie war sogar schon einmal mit Philippe hier gewesen. Sie hatten damals mit Freunden ebenfalls ein Klavierkonzert besucht. Das schmälerte aber nicht im Geringsten ihre Freude, dessen war ich mir sicher.

Der Pianist spielte schlichtweg göttlich und machte dabei auch noch eine richtig gute Figur. Gefühlt konnte er beinahe das Tempo von Alicia de Larrocha erreichen, die hinsichtlich ihrer Albéniz-Vorträge vermutlich als maßstabsetzend anzusehen war. Hierbei ließ er sich die Anstrengung jedoch kaum anmerken. Seine Finger flogen mit regelrechter Leichtigkeit über die Tastatur des Instruments, sodass einem beinahe schwindelig wurde, wenn man zu lange hinsah.

In der kurzen Pause, zwischen den beiden Bänden, erkannte ich, welche Freude ich Silvia mit diesem Klavierabend bereiten konnte.

Natürlich sprachen wir über die Vorführung und stellten Mutmaßungen an, warum sich der Pianist dazu entschieden hatte, vor den beiden ausgewählten Bänden des Iberia-Zyklus noch das kurze Stück »Navarra« zu spielen. Silvia meinte, dass er damit vielleicht eine eigenwillige Form der Vollständigkeit erzielen wollte, da »Navarra« ursprünglich in den Zyklus hineinsollte. Der Komponist fand das Stück jedoch nicht gut genug und ersetzte es schließlich durch »Jerez«, dem vorletzten Stück im vierten Band. Ich hingegen mutmaßte, dass er anhand des wesentlich einfacheren und demnach leichter zu spielenden Stücks lediglich demonstrieren wollte, wie ungeheuer schwierig »Iberia« zu spielen war, eben im Vergleich.

Nach der Pause, während des vierten Bands musste ich immerzu an meinen Freund Marcus denken, der »Iberia« geradezu liebte und selbst immer wieder Teile hieraus spielte. Oft hatte ich gesehen, dass gerade das Stück »Jerez« ihm Tränen, verursacht durch Rührung und Anspannung, in die Augen trieb. Vermutlich hatte der Komponist sehr gut entschieden, dieses Stück anstatt »Navarra« für den Zyklus auszuwählen. Beinahe hatte ich ein schlechtes Gewissen, dass ich mir dieses Konzert gönnte, das Marcus vermutlich noch viel lieber erlebt hätte, als ich es schon tat. Den Namen des jungen Pianisten wollte ich mir unbedingt merken, für den Fall, dass er einmal irgendwo spielen würde, wo ich ihn mir dann mit Marcus gemeinsam anhören könnte.

Im Anschluss an die Aufführung hatten wir erheblich mehr Glück bei der Auswahl der Gastronomie. Das war gewiss auch darauf zurückzuführen, dass wir ein Lokal wählten, das Silvia kannte. In diesem erhielten wir trotz der bereits recht vorangeschrittenen Uhrzeit eine wirklich ansprechende Mahlzeit, und es war dort sehr gemütlich.

Auch während dieser zweiten Abendmahlzeit und einem von Silvia hervorragend ausgewählten Rotwein redeten wir fortwährend über das Konzert, den talentierten Pianisten und schließlich den Komponisten. Silvia meinte an einer Stelle:

»Wusstest du, dass Albéniz sich als Kind alleine auf einem Schiff nach Südamerika eingeschifft hatte, und zwar als blinder Passagier?«

»Nein«, sagte ich, »das wusste ich nicht. Ich weiß nur, dass er als musikalisches Wunderkind galt und schon seit frühester Kindheit Konzerte gab.«

»Doch doch, ich denke, er war gerade erst zwölf, und es war wirklich ohne jedes Wissen seiner Eltern. Dann auch noch als blinder Passagier; stell dir das einmal vor. Er war auf seiner Reise alleine in Buenos Aires, auf Kuba und schließlich sogar in den Vereinigten Staaten unterwegs. Dabei hat er sich überall mit Klavierspielen durchgeschlagen. Ich glaube insgesamt beinahe zwei Jahre lang.«

»Ein wahrhaft bemerkenswerter Mensch«, fügte ich an, »auch wenn er seine Eltern damit sicherlich zu

Tode erschreckt hat. Wusstest du, dass er bei Liszt studiert hat?«

»Ja, davon habe ich schon gehört. Liszt hat ihm wohl einmal beim Klavierspiel zugehört und wollte ihn dann unbedingt unterrichten.«

Ich fragte Silvia, weil es mir gerade in den Sinn kam:

»Ist er denn alt geworden, weißt du das zufällig?«

»Ich glaube, leider noch keine fünfzig. Am Ende seines Lebens hat er hier in Frankreich gelebt. Übrigens ist eine Urenkelin von ihm mit dem ehemaligen Präsidenten Sarkozy verheiratet gewesen.«

< 12 >

Zurück im Hotel checkte ich noch kurz meine E-Mails, wobei ich feststellte, dass ich eine Antwort von Aaron Percey erhalten hatte. Sofort war ich wieder hellwach und verschlang regelrecht die Zeilen, die mir Joshs Vater hatte zukommen lassen.

Zunächst einmal freute er sich, in mir den früheren Freund seines Sohnes gefunden zu haben. Er schrieb, dass er sich noch gut an mich erinnern könne und mich immer aufrichtig gemocht habe. Auch wüsste er, dass Joshua, sein Vater nannte ihn stets mit vollem Namen, und ich damals die besten Freunde gewesen sind. Daher sei es ihm ein wichtiges Anliegen, mich über Joshuas Tod und die diesbezüglichen Umstände zu informieren.

Dann berichtete er davon, dass Joshua inzwischen in den Vereinigten Staaten beheimatet gewesen war. Er kehrte mit Anfang zwanzig zunächst nach Alaska zurück, wo seine Familie ursprünglich herkam und wo noch ein paar Verwandte lebten. Dort habe er auch geheiratet. Eine Frau namens Amanda, die er nun neben einem Sohn, Miles, hinterließ. Schließlich klärte er über Einzelheiten zu Joshs Tod auf.

Josh hatte unseren damals gemeinsamen Traum verwirklicht und war Hubschrauberpilot geworden. Ganz jung war er schon der Air Force beigetreten wie früher sein Dad. Mit Ende dreißig konnte er dann bereits aus dieser ausscheiden, um in der privaten Luftfahrt Fuß zu fassen. Schließlich bestand sein Job darin,

Bohrinseln anzufliegen.

Ziemlich genauso hatten wir uns damals unsere Zukunft vorgestellt. Wir liebäugelten sehr mit dem angesehenen Job eines Piloten, samt entsprechendem Verdienst. Bei ihm sollte die Air Force die Ausbildung liefern, bei mir die Bundeswehr. Während sich bei Josh diese Träume erfüllt zu scheinen haben, hatte ich meine Vorstellungen nach meiner Rückkehr nach Deutschland schon recht bald geändert. Zwar hatte ich mich bereits beworben, verlor dann aber angesichts der sich mir anderweitig bietenden Möglichkeiten fernab von Militär schnell das Interesse.

Nach dem Ausscheiden aus der Air Force zog Josh mit seiner Frau und dem Kind in die Nähe von New Orleans. Von dort aus flog er die zahlreichen Bohrinseln im Golf von Mexiko an. Bei einem dieser Einsätze passierte es schließlich auch. Josh geriet in einen heftigen Sturm, verlor die Kontrolle über seinen Hubschrauber und stürzte im offenen Meer ab. Es hatte einige Tage gedauert, bis man den Helikopter fand und Joshs Leiche bergen konnte, da man warten musste, bis sich der Sturm einigermaßen legte.

Ich hätte so gerne andere Nachrichten von Josh erhalten und bereute es sofort zutiefst, mir keine Mühe gegeben zu haben, den Kontakt aufrechtzuerhalten. Ich sah ihn vor meinem geistigen Auge mit seinen rotblonden Haaren und den leichten Sommersprossen. Auch Bilder seines Vaters schwirrten mir durch den Kopf. Nie kam mir als Jugendlicher jemand amerikanischer vor. Dieser breite Akzent mit den dazu passenden, irgendwie eckigen Mundbewegungen. Die lockere Art und Weise, wie er mit allen Menschen umging. Dieses Selbstverständnis, dass alles Amerikanische gut und richtig sei, und schließlich dieser Heißhunger nach gebratenem Fleisch. Ich glaube, dass es jedes Mal, wenn ich bei den Perceys zum Essen blieb, Steak gab.

Das Steakbraten war sicherlich eine der Lieblingsbeschäftigungen dieses frühpensionierten Soldaten. Ich erinnerte mich daran, wie er mir mehr als einmal stolz seine gusseiserne Steakpfanne zeigte und mir ausführlichst deren Vorzüge beschrieb. Er wies immer auch auf die Rillen hin, die das typische Muster auf dem gebratenen Fleisch abgaben. Dann verlor er sich meist darin, welch einzigartige Hitze von dem Gusseisen her strömte, und das Fleisch innerhalb weniger Minuten gleichmäßigst garte. Zuzugeben war, dass seine Steaks immer hervorragend waren. Ob man das nicht aber auch mit einer anderen Pfanne so hätte hinbekommen können. Wer weiß.

In jener Nacht träumte ich heftig von Josh, und auch von Philippe. Es war aber nicht wie bei den Träumen, in denen mir die beiden zu begegnen schienen. Es war ein wilder, völlig unkontrollierter Traum, der mir keinerlei Ruhe und ganz besonders keinen Frieden schenkte.

< 13 >

Nachdem der eigentliche Grund für unser Treffen in Paris seine Erledigung gefunden hatte und zu Hause sicherlich bereits einiges an Arbeit angefallen war, hatte ich meine Abreise für den übernächsten Tag geplant. Leider konnte ich nur noch einen Sitzplatz für einen sehr frühen Zug reservieren, weshalb ich es Silvia nicht zumuten wollte, mich zum Bahnhof zu begleiten. Silvia hatte sich ebenfalls bereits um ihre Rückreise gekümmert, wobei sie noch einen Tag länger bleiben würde als ich.

Entsprechend blieb uns dennoch ein ganzer Tag, den wir miteinander verbringen konnten. Ein ganzer Tag in Paris wohlbemerkt. Wir fragten uns schließlich gegenseitig, wie wir ihn nutzen wollten, und kamen hierbei schnell zu einer Einigung. Der Tag sollte uns von den bisherigen Geschehnissen ablenken. Wir verspürten auch keine Lust, Philippes Familie in unsere Aktivitäten einzubeziehen. Eine genaue Durchplanung des Tagesablaufs versuchten wir, nach Möglichkeit zu vermeiden. Wir wollten Paris ohne eingehende Zielsetzungen in uns aufnehmen und gänzlich unbeschwert erleben. Kurzum, wir hatten beschlossen, uns den gesamten Tag lang einfach treiben zu lassen.

Da Silvia Paris bestens kannte und ich zumindest schon alle weltbekannten Sehenswürdigkeiten gesehen hatte, besaßen wir nicht das Gefühl, dass uns etwas entgehen würde, wenn wir den uns verbleibenden Tag nicht mit einem festen Programm bestücken würden.

Ganz im Gegenteil, schon der Gedanke, die Stadt einmal völlig plan- und zwanglos zu erleben, schien uns, insbesondere nach diesen unangenehmen Tagen voller Anspannung wie ein kleines Geschenk, das wir uns selbst bereiteten. Eine kleine Auszeit, die wir gemeinsam verbringen könnten, bevor wir uns wieder unserem jeweiligen Alltag widmen würden.

Wie sollte dieser Tag anders beginnen als mit einem gemütlichen Frühstück. Bereits bei der Auswahl des Lokals hierfür berücksichtigten wir unser für den Tag bestimmtes Credo, uns einfach treiben zu lassen.

Nachdem wir uns bei mir im Hotel getroffen hatten, folgten wir der Rue Lafayette nicht in der sonst vermutlich üblichen Richtung. So wären wir, wenn sie hinter der Kreuzung des Boulevard Haussmann in die Rue Halévy mündete, schließlich zur Oper gelangt, zuvor natürlich an den Galeries Lafayette vorbei. Stattdessen durchliefen wir sie in entgegengesetzter Richtung und auch nur bis zur nahe gelegenen Rue de Trévise, in die wir dann einbogen. Dort fanden wir bereits nach wenigen Schritten eine kleine Brasserie, die schon geöffnet hatte und uns beide ansprach. Man gab sich hier zumindest wahrnehmbar Mühe und war sehr freundlich, sodass wir letztlich mit unserer Auswahl zufrieden waren. Einen weiteren Kaffee wollten wir dann aber doch lieber später woanders zu uns nehmen. Stattdessen setzten wir schon bald darauf weiter zu Fuß den uns unbekannten Weg fort.

Gut erinnern kann ich mich noch daran, dass wir die Rue de Trévise bis zu ihrem vermeintlichen Ende an der Rue Bergère herunterliefen. Dort konnte man aber nach dem Überqueren der Straße eine Durchfahrt, die durch ein Haus führt, durchschreiten und gelangte so in eine Straße, die Cité Bergère hieß. Durchfahren hätte man die Durchfahrt auf unserem Weg übrigens nicht können, da die Cité Bergère eine Einbahnstraße in entgegengesetzter Richtung war. In einem Winkel umschloss diese kleine Straße einen Häuserblock und man verließ sie schließlich wieder, indem man erneut eine Hausdurchfahrt durchschritt, und zwar auf zur Rue du Faubourg Montmartre hin. Nach meiner Erinnerung wendeten wir uns, dort angekommen, nach links. Dann endlich gelang es mir auch, nicht weiter auf den Weg zu achten, sondern mich wirklich einmal treiben zu lassen.

Wir kamen so zunächst an der Börse vorbei und schon bald darauf an einer Kirche, deren Namen ich leider vergessen habe. Dort zündeten wir mit einstimmigem Selbstverständnis wieder einmal Kerzen an. Da es noch früh am Vormittag war, dehnten wir unseren Spaziergang ordentlich aus und gelangten schließlich an die Seine; wie wir feststellten, unweit der Pont Neuf. Hier überlegten wir, welche Richtung wir einschlagen sollten. Auf die Île de la Cité wollten wir nicht, da wir dort schon zweimal das Polizeipräsidium besucht hatten. Wir wollten nicht permanent daran erinnert werden.

Wenn wir rechts entlang der Seine laufen würden, wäre es möglich, später zum Champ de Mars und somit zum Eiffelturm zu gelangen. Flussaufwärts hingegen könnten wir auch bei der Île Saint Louis den Fluss überqueren und dort auf der Rive Gauche im Universitätsviertel landen. Sicherlich würden wir dort später ein ansprechendes Lokal für ein kleines Mittagessen finden. Gerne zuvor auch noch eine nette Einkehrmöglichkeit für einen weiteren Kaffee.

Diese Aussicht lockte uns mehr, zumal es an der Seine entlang bis zum Eiffelturm eine beachtliche Strecke war, da der Fluss in jene Richtung einen ausgedehnten Bogen schlug. Also machten wir uns nach links auf und wechselten das Seineufer, indem wir zunächst die Pont Marie nutzten. Dann auf direktem Wege, quer über die Insel, der Rue des Deux Ponts folgend, erreichten wir die Pont de la Tournelle, über die wir schließlich den Fluss gänzlich überquerten.

Auf der anderen Seite angekommen überließen wir den Weg erneut dem Zufall. Ich erinnere mich, dass wir am Pantheon vorbeikamen und ganz unabsichtlich auch noch einmal an der Kirche Saint-Ephrem, wo wir am Abend zuvor das wunderbare Klavierkonzert erlebt hatten.

Das regte uns an, erneut eine kleine Unterhaltung über das Konzert und Albéniz zu führen, wobei wir feststellten, dass wir die gleiche CD-Aufnahme besaßen, in der Alicia de Larrocha den Iberia-Zyklus so unvergleichlich gekonnt spielte.

Ich erzählte Silvia hierbei auch, dass es sich bei der »Iberia« um eines der Lieblingswerke von Marcus handelte, und er hieraus immer wieder gerne das ein oder andere Stück mit voller Hingabe spielte. Dazu ergänzte ich, dass er hierbei gekonnt beinahe sogar das Tempo der großen Meisterin erreichte.

Silvia merkte hierzu an, dass sie Marcus sehr gerne einmal kennenlernen würde, schließlich gäbe es kaum jemanden, von dem ich so viel erzählte.

Dem fügte ich hinzu, dass sie ihn dann auch unbedingt spielen hören müsste. Außerdem merkte ich an, dass es mir eine große Freude bereiten würde, wenn sie mich einmal besuchen könnte. Köln sei zwar wesentlich kleiner und sicherlich kaum so aufregend wie Barcelona oder Paris, bestimmt aber könne sie dennoch Gefallen an der Stadt finden. Zum Kerzenanzünden böten sich dort übrigens reichlich Gelegenheiten, und das nicht nur im Dom.

Darüber lachten wir beide, und Silvia meinte:

»Seitdem du mir erzählt hast, dass man im Kölner Dom nur noch ganz winzige Teelichter erwerben kann, die vermutlich nicht mal mehr als eine Stunde brennen, achte ich inzwischen tatsächlich darauf. Immer wenn ich jetzt irgendwo Kerzen anzünde und diese mickrig finde, oder wie hier in Frankreich völlig überteuert, muss ich daran denken.«

»Tut mir leid«, entgegnete ich, »ich hoffe, dass ich dir mit meiner Feststellung nicht gänzlich die Freude an unserem kleinen Hobby geraubt habe.«

Während ich ihr dabei zuzwinkerte, lächelte sie mich leicht mit dem Kopf schüttelnd an und hakte sich spielerisch bei mir ein, den Weg fortsetzend.

»Weißt du, David, erst seitdem du mich darauf aufmerksam gemacht hast, ist mir überhaupt bewusst geworden, dass ich vermutlich viel häufiger Kerzen in Gotteshäusern anzünde als der Durchschnittbürger das tut. Erstaunlich dabei finde ich, dass sich das so entwickelt, obwohl meine Familie nicht gerade mit den eifrigsten Kirchgängern aufwartet. Philippe war aber auch so. Immer wenn es irgendwo eine Kirche gab, rannten wir hinein, schauten sie uns an, und zündeten natürlich Kerzen an.«

Irgendwann, nachdem wir noch etliche Straßen durchlaufen hatten, gelangten wir zum Jardin du Luxembourg, in dem wir uns eine ausgiebige Pause mit Kaffee im Freien, da das Wetter günstig mitspielte, einräumten.

Um uns nicht den Appetit auf ein Mittagessen zu verderben, verzichteten wir auch auf die kleinste süße Kleinigkeit. Noch nicht einmal ein Macaron gönnten wir uns, obwohl uns diese aus der Theke des Cafés geradezu anlachten. Als der Kaffee serviert wurde und wir die Gesichter den Sonnenstrahlen zuwendeten, hörte ich von Silvia:

»Eigentlich finde ich es schade, dass wir nicht noch ein paar Tage an unseren Aufenthalt anhängen können.«

Ich wandte mich zu ihr, wobei ich von meinem Kaffee trank, als sie mit einem leichten Seufzen fortfuhr:

»Jetzt, da der Mörder von Philippe gefasst ist, und bis auf einen auch alle anderen Täter, kann ich beinahe entspannen. Wenn ich nur nicht so viel zu tun hätte. Zu Hause wartet ein Berg von Arbeit auf mich. Zudem habe ich Aemilia und Cassius quasi Hals über Kopf zurückgelassen.«

»Gut, dass du dich auf Gloria so unbedingt verlassen kannst«, merkte ich an und meinte weiter, »sicher hat sie alles fest im Griff. Hast du denn zuletzt mit den Kindern telefoniert?«

»Oh ja, beinahe hätte ich es vergessen. Ich habe gestern mit Cassius gesprochen und soll dir ganz herzliche Grüße ausrichten. Er fragte übrigens, wann du denn wieder einmal nach Barcelona kommen würdest. Ich habe dir ja auch noch gar nicht erzählt, dass ich kurz vor meiner Reise noch bei Raphael zum Essen war. Der hat sich natürlich auch nach dir erkundigt und wollte wissen, ob wir noch in regelmäßigem Kontakt stehen.«

Sie unterbrach sich und nahm einen großen Schluck aus ihrer Kaffeetasse.

»Ich glaube, bevor ich zu dir nach Deutschland komme, musst du doch zunächst noch einmal uns einen Besuch in Barcelona abstatten. Hast du denn schon Pläne für den Sommer?«

So erzählten wir noch eine etwas längere Zeit lang, wobei ich erfuhr, dass Aemilia jetzt sicher einen Studienplatz erhalten hatte. Ganz so, wie sie es sich letztlich gewünscht hatte, für Medizin in Madrid. Dort wohnten noch Verwandte von Silvia, bei denen sie zunächst einmal, und wenn es ihr gefallen würde, ganz bestimmt auch länger, unterkommen könnte. Zudem wollte sie sich bemühen, mindestens ein Jahr auch in Paris studieren zu können, wo sie dann bei den Großeltern wohnen würde.

Im Gespräch bei Philippes Eltern angekommen, wurden auch diese erneut zum Thema zwischen uns. Wir ließen jedoch bald wieder davon ab. Stattdessen sprach Silvia über ihren Sohn.

»Cassius hat mir übrigens erzählt, dass er sich dir gegenüber geöffnet hat. Ich hätte es kaum für möglich gehalten, dass er sich hinsichtlich der teilweise schwierigen Situation mit seinem Vater jemandem anvertraut. Ich weiß gar nicht genau, wie es dazu gekommen ist. Irgendwann einmal hat Philippe, nachdem Cassius mit schlechten Noten nach Hause gekommen war, gesagt, dass er so wohl nie das Unternehmen der Roannes leiten könne. Dabei bin ich mir aber ganz sicher, dass er es gar nicht so, sondern eher spielerisch gemeint hat. Cassius aber hatte seither stets das Gefühl, den Ansprüchen des Vaters nicht gerecht werden zu können.«

Ich erinnerte mich an mein diesbezügliches Gespräch mit Cassius. Auch musste ich daran denken, wie er zu mir sagte, dass er es bedaure, nicht abschließend Frieden mit seinem Vater geschlossen haben zu können. Ich erinnerte mich aber auch daran, dass er inzwischen erkannt hatte, dass es gar nicht so war, dass Philippe derart hohe Ansprüche an ihn stellte, sondern, dass Cassius selbst sich gegenüber stets nur einredete, dass das der Fall wäre. Und, dass er diesen scheinbar nicht gerecht werden könnte.

»David, ich bin sehr froh darüber, dass auch meine Kinder dich schließlich doch noch ins Herz geschlossen haben. Wie ungern denke ich daran zurück, wie unhöflich sie am Anfang zu dir waren. Ich glaube, dass Aemilia ernsthaft damit gerechnet hat, dass wir eine Affäre miteinander beginnen würden.«

»Ja, das denke ich auch. Sie hat mich einmal sogar direkt danach gefragt, ob ich denn solche Absichten besäße. Es ist eigentlich auch gar nicht so abwegig. Würde unsere Geschichte in einem kitschigen Liebesroman stattfinden, wäre es vermutlich genauso gekommen«, lachte ich.

Da konnte auch Silvia nicht anders, als in mein Lachen einzustimmen. Wir zahlten schließlich und machten uns weiter auf, zunächst den Jardin du Luxembourg noch ein wenig durchstreifend.

Am Abend, wir waren den ganzen Tag weiter zu Fuß unterwegs, wählten wir dann doch ein Restaurant, das Silvia kannte. Das Treibenlassen hatte uns schließlich zum Place des Vosges gebracht. Hier meinte Silvia, dass sie ganz in der Nähe ein wunderbares Lokal zum Speisen kennen würde, in dem sie häufiger mit Philippe gegessen habe.

Zu meinem Erstaunen erhielten wir auch ohne Reservierung einen hübsch platzierten Tisch. Bereits beim Hineingehen merke ich, dass Silvia stiller wurde und in ihren Gedanken abglitt. Als wir Platz genommen hatten und mit dem ersten Glas Wein anstießen, meinte sie, dass sie genau an diesem Tisch auch schon einmal mit Philippe gesessen hätte.

»Er saß mir damals genauso gegenüber wie du heute. Ich erinnere mich, als wäre es gestern gewesen.«

Ich fragte sie daraufhin, ob es ihr denn auch wirklich recht sei, dass wir hier zu Abend aßen, worauf Silvia meinte, dass sie sich keinen schöneren Ort vorstellen könne.

Als sie mich direkt ansah, bemerkte ich eine kleine Träne, die aus einem ihrer Augenwinkel trat und entlang der Nase einen Weg suchte. Deutlich konnte ich aber auch erkennen, dass sie es ehrlich meinte und sie jeden Moment der Erinnerung genoss.

Zur Vorspeise, einer Auswahl an gegrilltem Gemüse und einigen Lachshäppchen, tranken wir einen Weißwein von der Loire. Als Hauptgang hatten wir beide Boeuf bourguignon gewählt, da es die Empfehlung des Tages war. Der Kellner versprach, dass das Fleisch vom Charolais-Rind stammen würde, und empfahl uns dazu einen Côte de Beaune.

Vermutlich hätte ich unter anderen Umständen liebend gerne darauf verzichtet. Um den Abend nicht mit einem Anflug von Sparsamkeit infrage zu stellen, sondern möglichst zu vervollkommnen, schluckte ich jedoch lediglich, als ich den Preis hörte, und ließ mir nichts anmerken. Der Wein war übrigens, was man aber auch erwarten konnte, in der Tat hervorragend.

Bevor wir uns an jenem Abend schließlich herzlichst voneinander verabschiedeten, setzte Silvia noch einmal zu ihren ganz persönlichen Erinnerungen an Philippe an.

< 14 >

Die Mühe und der finanzielle Aufwand, dem ganz besonderen Hochzeitsgeschenk, das wir erhalten hatten, tatsächlich seine angedachte Funktion als Eingangstür unseres neuen Zuhauses angedeihen zu lassen, war wohl kaum als verhältnismäßig anzusehen. Zunächst passte die Tür nicht, da sie um einiges größer war, als der vorhandene Eingangsbereich es vorgesehen hatte. Also musste dieser erheblich vergrößert werden. Dann galt es, das gute Stück erst einmal modernen Standards anzupassen, damit es seine Funktion überhaupt ausüben konnte. Schließlich war es erforderlich, eine passende Zarge speziell anfertigen zu lassen. Vermutlich hätte man bereits für die hierfür aufgewandten Mittel eine durchaus ansprechende neue Haustür bekommen können.

Ich denke heute noch, dass die Sache mit der Tür eine der teuersten Investitionen in unser neues Zuhause war, die wir anfänglich unternahmen. Glücklicherweise war das Haus an sich eigentlich bezugsbereit, wenn man nicht grundsätzlich auf einer Ausstattung und Einrichtung nach persönlichem Geschmack bestand.

Mit den Jahren und zunehmenden zur Verfügung stehenden finanziellen Mitteln nahmen wir schließlich aber doch noch unzählige Veränderungen vor, sowohl am Gebäude wie an der Gartenanlage.

Schneller als gedacht begannen wir schon bald damit, nachdem wir das Haus bezogen hatten, unsere

Pläne in die Tat umzusetzen, die unsere berufliche Selbstständigkeit anbelangten.

Philippe gründete mit einem ebenso jungen Architekten ein eigenes Planungsbüro, wozu sie anfangs kleine Räumlichkeiten in Vallcara anmieteten.

Sobald Cassius die Vorschule besuchte, gab auch ich meine Anstellung auf und begann damit, zunächst von zu Hause aus, mein eigenes Unternehmen auf die Beine zu stellen.

Manchmal hatten sowohl Philippe wie auch ich das Gefühl, uns zu viel vorgenommen zu haben, und bezweifelten bereits, dass es sinnvoll war, so früh derartige berufliche Wagnisse eingegangen zu sein. Dann gaben uns stets das Haus, die Familie und Gloria, die inzwischen den Weg von meinen Eltern zu uns gefunden hatte, den erforderlichen Halt und neue Kraft.

Ach, was hätten wir ohne Gloria getan; was würde ich heute ohne sie tun. Ich bin meinen Eltern mehr als dankbar, dass sie diese treue Seele uns überließen. Nicht nur, dass ich niemals den gesamten Haushalt neben dem Beruf hätte bewältigen können. Gloria kannte ich bereits seit meiner frühen Jugend und hatte zu keiner Zeit Bedenken, ihr die Kinder zu überlassen.

Gerne denke ich an all die Jahre zurück, die wir als Familie in unserem Haus gelebt haben. Das Geschenk, das uns mit den Kindern gegeben wurde. Die Freude, die es bereitete, die beiden größer werden zu sehen, zunächst als Kinder und schließlich als Jugendliche. Zu erleben, wie sich die individuellen Charaktere der zwei entwickelten, während ihres Heranwachsens.

Wie gerne habe ich mit Philippe gemeinsam im Büro unseres Hauses gearbeitet. Ich habe es immer besonders geliebt, wenn wir gemeinsame Aufträge erhielten.

Oft verbrachten wir Pausen auf der kleinen Terrasse, die hinter unserem Haus liegt und von den Büroräumen aus direkt zugänglich ist.

Wenn die Kinder dann aus der Schule kamen und uns dort aufstöberten, war meine Welt stets perfekt. Nie hatte ich mir ein anderes Leben gewünscht. Nie hatte ich das Gefühl, etwas versäumt zu haben.

Sébastian und Danielle, Kommilitonen von Philippe, die schon zu Studienzeiten zum Paar wurden, feierten in jenem Jahr im Frühsommer beide bereits ihren fünfundvierzigsten Geburtstag, während die unsrigen zu dieser Jahreszeit noch bevorstanden. Da wir es leider nicht zu ihrer Feier schafften, besuchten wir die beiden bei unserem nächstmöglichen Aufenthalt in Paris, der jedoch eigentlich einem Familienbesuch diente, da die Roannes damals eine wichtige Produkteinführung feierten.

Ich erinnere mich noch sehr gut daran, wie wir uns über die Gelegenheit freuten, Sébastian und Danielle einmal wieder zu treffen, auch wenn wir die eigentliche Geburtstagsfeier leider verpassten.

Wie üblich hatten wir bei Philippes Eltern unser Quartier bezogen. Am Abend zuvor hatten wir die Markteinführung des neuen Produkts mit einem rauschenden Fest abgeschlossen, sodass wir am Morgen nur wenig Lust verspürten, dem Bett zu entsteigen, und auf ein Frühstück mit Marie und Bernard verzichteten.

Gegen Mittag, nachdem wir zunächst im Bois de Boulogne gemeinsam gejoggt und später lediglich einen Kaffee genehmigt hatten, begegneten wir den beiden dennoch kurz, bevor wir uns auf den Weg machten, um ein Geschenk zu besorgen.

Da wir keine genauere Vorstellung davon besaßen, was wir Sébastian und Danielle mitbringen wollten, hatten wir beschlossen, den Galeries Lafayette einen Besuch abzustatten, um uns dort inspirieren zu lassen. Vom Angebot jedoch überwältigt, einigten wir uns schnell auf ein Weinpräsent. Das schenkte uns ausreichend Zeit, ein leicht verspätetes Mittagessen zu uns zu nehmen, zumal keine weiteren Aufgaben auf uns warteten.

Ohne vorangegangenes Frühstück verspürten wir wahrhaftig auch ein wenig Hunger. Als wäre es gestern gewesen, erinnere ich mich noch daran, wie wir uns zunächst ein halbes Dutzend Austern teilten und dazu jeweils ein kleines Glas Chablis tranken. Zu einer Portion Cassoulet mit Lammfleisch, die wir ebenfalls gemeinsam zu uns nahmen, gönnten wir uns noch einen Schluck Minervois, den uns der Kellner dazu empfahl. Schließlich, allerdings auch wieder geteilt, naschten wir noch an einem Haselnussparfait mit Himbeersoße.

Als wir wieder zu Hause ankamen, fanden wir lediglich eine Nachricht vor, die uns verriet, dass alle anderen ausgeflogen waren. Diese unerwartete Gelegenheit, vermutlich auch ermutigt durch den leichten vorangegangen Weingenuss, wollten wir uns nicht entgehen. Wir verbrachten eine wunderbare Zweisamkeit, wobei wir uns immer wieder amüsiert daran erinnerten, wie es gewesen war, wenn sich früher einmal, wenn ich Philippe während seiner Studienzeit in Paris besuchte, eine solche Gelegenheit bot.

Nachdem wir dann auch noch tatsächlich etwas Schlaf gefunden hatten, machten wir uns frisch, warfen uns angemessen in Schale und begaben uns schließlich auf den Weg zu dem anstehenden Besuch.

Hätten wir das Ende jener Nacht vorausahnen können, wären wir vermutlich noch nicht einmal nach Paris gekommen. Vielleicht hätten wir uns in einem Restaurant getroffen, vielleicht sogar in dem Restaurant, das sich unten im Haus der Roannes befindet. Ganz gewiss aber hätten wir den Nachhauseweg nach diesem wunderbaren Tag und dem herrlichen Abend bei Sébastian und Danielle niemals zu Fuß angetreten, wozu doch die laue Sommernacht so sehr animierte. Ja, das war genau der Tag, welcher der Nacht voranging, in der mir mein Philippe genommen wurde.

Der Anfang der Geschichte

David begibt sich auf eine Reise nach Barcelona, wo er
zufällig Silvia begegnet, deren Mann Philippe ein Jahr zuvor
verstorben war. Philippe und David sind äußerlich
Doppelgänger. David ist fasziniert von der Vorstellung des
anderen Ichs und dessen früheren Leben. Silvia und ihre
Familie hingegen wissen zunächst nicht, wie sie mit der
Situation umgehen sollen, begeben sie sich doch fortlaufend
durch ein Wechselbad an Emotionen. Dennoch können sie
nicht davon ablassen, David immer wieder zu treffen.

ISBN 978-3-7323-1131-6

www.derandereich.de

Zeitfracht Medien GmbH
Ferdinand-Jühlke-Straße 7
99095 Erfurt, Deutschland
produktsicherheit@kolibri360.de